배비장전, 이춘풍전, 변강쇠전

한국문학산책 42 고전 소설·산문
배비장전, 이춘풍전, 변강쇠전

지은이 작가 미상
엮은이 송창현
펴낸이 안용백
펴낸곳 (주)넥서스

초판 1쇄 인쇄 2013년 6월 5일
초판 1쇄 발행 2013년 6월 10일

출판신고 1992년 4월 3일 제311-2002-2호
121-840 서울시 마포구 서교동 394-2
Tel (02)330-5500 Fax (02)330-5555

ISBN 978-89-6790-074-8 04810

www.nexusbook.com
지식의 숲은 (주)넥서스의 인문교양 브랜드입니다.

한국문학산책 42
고전소설·산문

작자 미상

배비장전, 이춘풍전, 변강쇠전

송창현 엮음·해설

지식의숲

* 일러두기

1. 시대 분위기와 작가의 개성이 드러나는 문장이나 방언, 속어, 고어 등은 원문 표
   기를 따랐다.

2. 원본 한자는 한글로 바꾸고 작품의 이해에 필요한 경우에만 한자를 병기하였다.

3. 독자들의 이해를 높이기 위해 필요한 경우 괄호 속에 뜻풀이를 달았다.

차 례

배비장전

천지간의 인생이란 남녀를 막론하고 사람의 씨는 같겠지만, 사람마다 우열이 판이하여 남자에는 현인·군자와 우부·천맹이 있고, 여자에는 정부·열녀와 음녀·간희가 아주 없어지는 일이 없이 대를 이어 오니, 예나 이제나 헤아려 알 수 없는 것은 형형색색의 사람의 성질이라 할 것이다.

사람의 성질이란 것은 살고 있는 고장의 산천이 지니는 풍치와 경치를 많이 닮게 되는 것이니, 산 좋고 물 맑은 고장의 사람은 성질이 순후하고 공손하고 부지런하며 악한 기질이 별로 없고, 산천이 험준한 지방에서는 그대로 사람의 성질이 어리석고 둔하며 간사하고 교활하게 나는 법이다.

호남 좌도 제주군 한라산은 옛적 탐라국 주산이요, 남녘땅의 제일 명산이다. 그 험준하고 아름다운 정기가 서려서 기생 애랑이 생겨났는지 모른다.

애랑이 비록 천기로 태어났을망정 그 맵시와 지혜가 누구보다 빼어났고 간교한 꾀는 구미호가 환생을 한 것인지 호색하는 사나이가 걸려들면 상투 끝까지 빠져들어 허덕이게 하는 것이었다.

한양에 김경이라는 양반이 있었다. 문필과 재능이 비범하여 십오 세에 생원·진사에, 이십 전에 장원에 급제하여 제주 목사를 제수받았다. 김경이 도임 길에 오르고자 이·호·예·공·병·형 등 육방을 선택할 때 서강 사는 배 선달을 장막 안으로 불러 예방의 소임을 맡기니, 그를 높여 비장이라 했다.

배 비장은 팔도강산 좋은 경치 안 본 데가 없으나 제주는 육지에서 멀리 떨어진 섬이라 아직 구경을 못 하고 있던 터라 자연 기쁘지 않을 수 없었다. 그 좋아하는 모양을 보고 아내가 주의를 주며 말했다.

"제주라는 곳이 비록 육지에서 멀리 떨어진 섬이나 색향이라 합니다. 그곳에 계시다가 만약 주색에 몸이 빠져 돌아오지 못하신다면 부모님께 불효되고 첩의 신세를 망칠 것입니다."

그러자 배 비장이 펄쩍 뛰었다.

"그건 염려하지 마오. 명심하고 절대로 계집은 가까이하지 않겠소."

배 비장은 전령패를 차고 김경을 따라 떠나게 되었다. 이때는 바로 꽃이 한창인 봄철이라. 오얏꽃, 복사꽃, 살구꽃이 만발하고 풀과 버들은 푸르고 맑은 물은 잔잔하며 사방의 풍광이 아름답기 그지없었다.

배 비장이 이런 아름다운 경치에 취하여 사방을 두루 둘러보며 해남 땅에 다다르니 새로 도임되어 오는 목사를 맞이하려고 하인들이 등대해 있었다.

사또가 하인들의 인사를 받은 후에 사공을 불러 분부했다.

"예서 배를 타면 제주까지 며칠이나 걸리는고?"

사공이 공손히 여쭈었다.

"일기가 청명하고 서풍이 살살 불어 꽁무니바람에 양 돛을 갈라 붙여 아디에서 펑펑 소리 나고, 뱃머리에서 물결 갈라지는 소리가 팔구월 열 바가지 삶은 것같이 절벅절벅 소리 나면 하루에 천릿길도 갈 수 있고 반쯤 가다 왜풍 만나 표류하면 영국이라도 갈 수 있습니다. 만일 일이 틀리면 바닷물도 먹고 숭어와 입도 맞추게 됩니다."

사또가 분부했다.

"제주에 당일로 닿는다면 상을 줄 터이니 착실히 거행하라."

사공이 분부를 받고 순풍을 기다리는데 마침 날씨가 청명하여 서풍이 솔솔 불어왔다.

그러자 사공이 소리를 높여 아뢰었다.

"사또 배에 오르시오."

사또 일행이 배에 오르자, 도사공이 키를 들고 돛을 달아 바람에 맞추어 배를 움직여서 망망대해로 나갔다.

그리고 배 위에서 술을 마시고 사람마다 봄 술에 취하여 상하가 같이 즐기는 것이었다.

그런데 배가 추자도에 거의 다다랐을 때였다. 난데없이 태풍이 일어나고 사면이 침침해지더니 물결은 찰랑거리고, 태산 같은 물굽이가 덮치면서 우르릉 콸콸 뒹굴어 펄펄 뱃전을 때리고, 바람에 배 위의 뗏집도 조각조각 흩어지고, 키는 꺾이고, 용총줄 마룻대가 동강 나고, 고물이 번쩍 들리면 이물이 수그러지고, 이물이 번쩍 들리면 고물이 수그러져서 덤벙 뒤뚱 조리질치니, 사또는 어리둥절하고 비장과 하인은 분주하게 서둘렀다.

사또가 그런 중에도 노하여 사공을 꾸짖었다.

"이놈, 양반은 물길에 익숙지 못해서 떨지만, 물길에 익은 놈이 그렇게 떠느냐?"

사공이 송구해하며 말했다.

"어려서부터 허다한 바다를 다 다녔지만 이런 고생은 처음이

오. 사해용왕이 외삼촌이라도 살아나기는 어렵겠소. 살아나려면 이 물을 다 마셔야 하겠으니 뉘 배로 이 물을 다 먹겠소?"

이 말을 듣고 모든 사람이 다 울고 비장들도 울었다. 그러나 사또의 명으로 고사를 지내고 나자, 이윽고 달이 오르며 물결이 자니 배는 순조롭게 제주성에 다다르게 되었다.

환풍정에서 배를 내려 사면을 둘러보니 제주에서 제일 경치 좋은 망월루였다. 망월루를 살펴보니 청춘 남녀 한 쌍이 서로 잡고 이별이 안타까워 한숨쉬고 눈물짓는 것이었다. 이는 구관 사또가 신임하던 정 비장과 수청 기생 애랑의 애타는 이별 장면이었다.

정 비장이 애랑의 손을 잡고 말했다.

"잘 있거라, 나는 간다. 서울 태생 소년으로 제주 물색 좋단 말에 마음이 쏠려 이곳에 와 아리따운 연분을 너와 맺고 세월을 보낼 적에 맵시 있는 너의 태도, 목청 맑은 네 노래에 고향 생각 잊었건만 애달프구나 이별이야! 푸른 강 맑은 물에 원앙새가 짝을 잃은 격이로구나. 사람 없는 높은 산 깊은 골에서 둘이 만나 희롱하다 이별하는 것이로구나. 이별이야, 이별이야, 애달프구나 이별이야! 애랑아, 부디 잘 있거라!"

다음은 애랑의 거동이다. 없는 슬픔을 짜내어 고운 얼굴에 웃는 듯 찡그리는 듯 길게 한숨 지며 답을 했다.

"여보 들어 보시오. 나으리가 이곳에 계시는 동안은 먹고 입고 살기에 걱정 없이 세월을 보냈습니다. 그런데 이제 누구에게 의탁하라고 아침에 떠나가십니까?"

"그대는 염려 마라. 내 올라가더라도 한동안 먹고 쓰기에 넉넉할 만큼 볏섬을 풀어 주고 갈 테니."

그러고는 정 비장은 창고지기에게 분부하여 볏섬을 풀어 애랑에게 주도록 했다. 그뿐이 아니라, 그 밖에도 애랑에게 준 갖가지 재물들은 헤아릴 수 없을 만큼 많았다. 이에 애랑은 눈물을 이리저리 씻으면서 흐느끼는 소리로 말하는 것이었다.

"주신 기물은 천금이라도 귀하지 않습니다. 백 년을 맺은 기약이 한판의 부질없는 꿈이 되니 그것만이 애달플 뿐입니다. 나리가 소녀를 버리고 가시면 백발 부모 위로하고 아름답고 귀여운 처자 만나 그리고 그리던 정회를 풀 때 소녀 같은 보잘것없는 첩이야 다시 생각이나 하시겠습니까? 애고애고 슬퍼라."

정 비장은 완전히 마음을 빼앗기고 말았다.

"네 말을 들으니 정이 간절하구나. 내 몸에 지닌 노리개를 네 마음대로 다 달라고 해라."

그렇지 않아도 정 비장을 물 오른 송기 벗기듯 하려는 참인데, 가지고 싶은 대로 주마고 하니 애랑이 년은 불한당 같은 마음에 피나무 껍질 벗기듯 아주 홀랑 벗겨 버리려고 했다.

"여보 나으리 들으시오. 갓두루마기 소녀에게 벗어 주고 가시면 나으리님 가신 후에 그 갓두루마기 한 자락은 펴서 깔고 또 한 자락은 흠썩 덮고 두 소매는 착착 접어 베개 삼아 베고 자면 나으리 품에 누운 듯 그 아니 다정하겠소?"

정 비장은 양피 갓두루마기를 훨훨 벗어 애랑에게 주었다.

"이 옷을 깔고 덮고 베고 잘 때 부디 나를 잊지 마라."

애랑이 거기서 멈추지 않고 말했다.

"나으리님 들으시오. 나으리 가신 후 겨울이 와서 추운 바람이 불 때 귀 시려 어떻게 살겠습니까? 나으리 쓰신 돼지껍질 휘양을 소녀에게 벗어 주고 가시면 두 귀에 덥석 눌러 쓰고 땀을 흘릴 테니 그 아니 다정하겠소?"

말이 떨어지기가 무섭게 정 비장은 휘양을 벗어 애랑에게 주었다.

"손으로 겉을 만지며 입으로 털을 불며 쓰게 되면 엄동설한 추위라도 네 귀 시리지 않을 것이다. 이 휘양 쓸 때마다 부디 나를 잊지 마라."

애랑이 또 말했다.

"여보 나으리 들으시오. 나으리 차신 칼을 소녀에게 풀어 주시오."

정 비장은 그러나 칼을 만지며 이것만은 거절했다. 그러자 애랑이 다시 말했다.

"여보 나으리 들으시오. 내가 임을 위하여 수절할 때 외간 남자가 달려들면 어쩌란 말이오? 소녀는 나으리가 주고 가신 칼을 빼어 키 큰 놈은 배를 찌르고, 키 작은 놈은 멱을 찔러 물리쳐야 하지 않겠습니까? 제발 그 칼을 풀어 주시오."

정 비장은 껄껄 웃으며 기분이 좋아 칼을 풀어 주었다.

"수절 공방 범하는 놈 네 수단껏 잘 찌르면 만인은 못 당해도 한 사람은 당할 수 있을 것이다."

애랑이 칼을 받아 놓고 앉아 울면서 또 말했다.

"여보 나으리 들으시오. 나으리 입으신 숙수 창의 소녀에게 벗어 주고 가시오."

그러자 정 비장이 말했다.

"여복을 달란다면 괴이할 게 없겠지만 남복이야 네게 쓸데가 없지 않느냐?"

"에그, 남의 슬픈 사정 그리도 모르신단 말이오? 나으리의 상하 의복 입고 밖에 나가 이리저리 거닐다 한없이 슬픈 정회 임생각 절로 날 때 들어와 빈방에 홀로 앉아 이 옷 매만지면 이별 낭군은 가고 없어도 일천 시름 일만 근심 풀어질 것이니 그 아니 다정하겠소?"

정 비장이 크게 현혹되어 옷을 모두 활활 벗어 주니 애랑은 그 옷을 받아 놓고 또 말했다.

"여보시오, 나으리 들어 보시오. 나으리와 이별 후에 나으리 생각나면 그 답답하고 슬픈 마음을 어찌하겠습니까? 그 슬픔을 풀 길이 없을 겁니다. 무얼 가지고 슬픔을 풀면 좋겠습니까? 나으리 입고 계신 고의적삼을 소녀에게 벗어 주시면 제 손으로 착착 접어 두었다가 임 생각에 잠 못 이루고 누웠을 때, 나으리의 고의적삼을 나으리와 둘이 자는 듯이 담쏙 안고 옷가슴을 열어 볼 것입니다. 그리하여 향기로운 임의 땀내 폴싹폴싹 코를 건드리면 그 냄새로 슬픔을 풀 것이니 그 아니 다정하겠소?"

그까짓 고의적삼쯤이 문제랴. 통가죽이라도 벗어 줄 판이었다. 정 비장은 고의적삼마저 벗어 애랑에게 주고 정 비장이 아니라 알비장이 되었다. 그러니 밑천을 가릴 길이 없었다. 할 수 없이 그는 방자를 불렀다.

"가는 새끼 두 발만 들여오너라."

그것으로 개짐을 만들어 가지고 제마 입에 쇠재갈 먹이듯이 샅에 차고서 눈을 두리번거리는 것이었다.

"어허 극한이로구나. 바다의 섬 속이라서 매우 차구나."

그러나 애랑이 또 청했다.

"나으리 들어 보시오. 옷은 그만 벗어 주고, 나으리 상투를 좀 베어 주신다면 소녀의 머리와 함께 땋겠습니다. 그렇게 한다면 그 얼마나 다정하겠습니까?"

그 말을 듣고 정 비장은 말했다.

"정리는 비록 그렇다만 너는 나더러 절의 몽구리 아들이 되란 말이냐?"

"나으리 여보시오, 내 말 좀 들어 보시오. 나리가 아무리 다정하다 하나 소녀의 뜻만 못하니 애달프고 그 어찌 원통치 않겠습니까? 그건 그렇거니와 창가에 마주 앉아 나를 보고 당싯당싯 웃으시던 앞니 하나 빼 주시오."

애랑이 이러고 통곡을 하니 이런 애랑의 모양을 보고 정 비장은 어이가 없어 묻는 것이었다.

"이젠 부모의 유체까지 헐라고 하니 그건 어디다 쓰려고 그러느냐?"

애랑이 대답했다.

"앞니 하나 빼어 주시면 손수건에 싸고 싸서 백옥함에 넣어 두고 눈에 암암한 임의 얼굴 보고 싶고, 귀에 쟁쟁한 임의 목소리 듣고 싶은 생각이 날 때면 종종 꺼내어 보고 슬픔을 풀고, 소녀 죽은 후에라도 관 구석에 지니고 가면 한 몸 합장이 되지 않겠습니까? 그 아니 다정하겠소!"

정 비장은 크게 현혹되어 공방의 창고지기를 불렀다.

"장도리와 집게를 대령해라."

"예, 대령했습니다."

"너는 이를 얼마나 빼어 보았느냐?"

"예, 많이는 못 빼어 보았으나 서너 말은 빼어 보았습니다."

"이놈, 제주 이는 죄다 망친 놈이로구나. 다른 이는 상하지 않게 앞니 한 개만 쑥 빼어라."

"소인이 이 빼기에는 이골이 났으니 어렵하겠습니까?"

그러더니 작은 집게로 빼면 쑥 빠질 것을 커다란 집게로 잡고서는 좌로 치고 우로 치는 창과 칼을 다루듯이, 차·포 접은 장기 면상 차린 격으로 한없이 어르다가 느닷없이 코를 탁 치는 것이었다.

정 비장은 코를 잔뜩 움켜쥐고 소리를 쳤다.

"어허 봉변이로군. 이놈, 너더러 이를 빼랬지 코 빼라고 하더냐?"

공방 창고지기가 대답했다.

"울려 쑥 빠지게 하느라고 코를 좀 쳤소."

정 비장이 탄식했다.

"너더러 이를 빼라고 한 내 잘못이다."

이러고 있을 즈음, 방자가 바삐 뛰어 들어왔다.

"사또 등선하시니 어서 등선하십시오."

정 비장은 할 수 없이 일어섰다.

"노 젓는 소리 한마디에 배 떠난다 재촉을 하니 이제 그만 떠날 수밖에 없구나."

애랑은 정 비장의 손을 잡고 발을 구르며 탄식했다.

"나를 두고 어디로 가시오. 하루 천 리 가는 저 배에 임은 나를 싣고 가시오. 살아서 다시 못 볼 임 죽어서 환생하여 다시 볼까? 낭군은 죽어 학이 되고 첩은 죽어 구름 되어 첩첩한 흰 구름 속 가는 곳마다 정답게 놀아 볼까."

이에 정 비장이 말했다.

"너는 죽어 높은 집에 거울 되고 나는 죽어 동방에 해가 되어 서로 얼굴을 비쳐 보자."

이렇게 이들이 작별할 때, 신관 사또의 앞장을 섰던 예방 배 비장이 이 거동을 잠깐 보고는 방자를 불러 물었다.

"저 건너편 노상에서 청춘 남녀가 서로 잡고 못 떠나고 있으니, 무슨 일이냐?"

방자가 대답했다.

"기생 애랑과 구관 사또를 모시고 있던 정 비장이 작별하고 있습니다."

배 비장은 그 말을 듣고 비방했다.

"허랑한 장부로구나. 부모 친척과 떨어져 천 리 밖에 와서 아녀자에게 현혹되어 저러니 체면이 꼴이 아니다."

방자 놈이 코웃음을 쳤다.

"남의 말씀 쉽게 하지 마십시오. 나으리도 애랑의 은근한 태도와 아름다운 얼굴을 보시면 오목 요 자에 움을 묻어 게다가 살림을 차릴 것입니다."

배 비장은 잔뜩 허세를 부리면서 방자를 꾸짖었다.

"이놈, 양반의 정취를 어찌 알고 경솔히 말을 하느냐?"

그러나 방자는 물러서지 않았다.

"그러면 황송하오나 소인과 내기를 합시다."

"무슨 내기를 하자느냐?"

"나으리께서 올라가시기 전에 저 기생에게 눈을 팔지 않으시면 소인의 식구가 댁에 가서 드난밥을 먹고, 만일 저 기생에게 반하시면 타시고 다니는 말을 소인에게 주시기 바랍니다."

이에 배 비장이 대답했다.

"그래라. 말 값이 천금이 된다 할지라도 내기하고서 너를 속이겠느냐?"

두 사람이 한참 이렇게 수작하고 있을 때, 신관 사또와 구관 사또는 인수인계를 마치고 새 사또가 도임했다. 그리고 사또의 도임 절차가 끝나고 모두가 정해진 처소로 돌아갔을 때는 이미 해가 지고 동쪽에 달이 뜨면서 맑은 바람이 부니 태평한 기상이 완연했다.

모든 비장이 기생들을 골라잡고 들어가니 방마다 노랫소리와 비파 소리가 화합하여 월야에 퍼지는 소리는 듣기 좋고 처량한 느낌을 자아내는 것이었다.

이때 배 비장은 심사가 울적하여 남들처럼 놀고 싶었다. 그러나 이미 정한 내기가 있어 혼자 있을 수밖에 없었다. 장부의 한마디 말은 천금의 무게가 있다 했으니 어찌 마음을 바꾸어 먹을 수 있겠는가.

이때 여러 비장 동료가 배 비장에게 권하여 전갈했다.

"방자야. 네 예방 나으리께 가서 '미인의 고장인 이곳에 오셔서 수심에 싸이시니 웬일입니까? 고향 생각 너무 마시고 미색을 골라 수청 들게 하시고 정담을 나눔이 장부의 소일인 줄 압니다.' 하고 여쭈어라."

방자 놈이 분부를 듣고 예방 나으리께 전갈을 드리자, 배 비장이 방자에게 되돌려 전갈을 보냈다.

"먼저 물어 주시니 대단히 감사합니다. 모처럼의 청을 거절함은 자못 당돌한 일이나 저는 성질이 원래 옹졸하여 기악은 즐기지 않으니 이를 용서하시고 여러 동관께서나 재미있게 노시기 바랍니다."

그러더니 갑자기 무슨 급한 일이나 있는 듯이 방자를 불렀다.

"지금 내 기생 차지가 누구냐?"

"행수인 줄 압니다."

배 비장이 분부했다.

"네 만일 이후로 기생년을 내 앞에 비쳤다가는 엄한 매를 맞으리라."

이 소리를 사또가 듣고는 일등 명기들을 모두 불렀다.

"너희 가운데 배 비장을 흐뭇하게 하는 사람이 있으면 중한 상을 줄 것이니 그렇게 할 기생이 있느냐?"

그 가운데서 애랑이 나섰다.

"소녀가 사또의 분부대로 하겠습니다."

사또가 말했다.

"네 만약 배 비장의 절의를 꺾을 수 있는 재주가 있다면 기생 중에 으뜸이 되리라."

애랑이 말을 받았다.

"시방 좋은 봄철이니 내일 한라산에서 꽃놀이를 하십시오. 그러면 배 비장을 흉계를 꾸며 홀리겠습니다."

사또는 각방 비장과 의논하고 새벽녘에 발령하여 한라산으로 꽃놀이를 갔다. 산속으로 들어가니 온갖 꽃이 다투듯이 피어 있고 온갖 새가 지저귀어 마치 아름다운 풍악을 갖춘 것 같았다. 사또와 여러 비장이 기생들과 어울려 술을 마시며 춘흥에 겨워 놀 때, 배 비장은 저 혼자 깨끗하고 고고한 체하며 소나무

아래에 외면하고 앉아 남의 노는 것을 비양하며 글을 읊었다.

그러다가 우연히 숲 속을 바라보니, 한 미인이 어릴락 비칠락 백만 가지 교태를 다 부리면서 봄빛을 희롱하고 있는 것이었다. 그리고 상하 의복을 훨훨 벗어 던지고 물에 풍덩 뛰어드는 게 아닌가. 그러더니 물장구를 치며 온갖 장난을 다 하며 손도 씻고 발도 씻고 배와 가슴과 목덜미도 씻고 예도 씻고 게도 씻고 살도 씻고 한창 이렇게 목욕을 하고 있었다.

배 비장은 그 거동을 보자 어깨가 들먹거려지고 정신이 흐릿해졌다.

드디어 음남이 되어 눈을 흘끗 뜨고 도둑나무하다가 쫓기듯이 숨을 헐떡거리며, 그 여자의 근본이 알고 싶어졌다.

'어! 저 여자가 누군지는 모르나 사람 여럿 녹였겠다.'

그러나 누구에게 물어볼 수도 없으니 군침만 꿀꺽 삼키며 자탄할 뿐이었다.

드디어 하루해가 저무니 사또는 관으로 돌아가려고 길을 재촉했다. 그리하여 모든 비장과 기생들, 그리고 하인들도 일제히 길을 떠날 때였다. 배 비장은 딴 마음을 먹고 꾀병으로 배를 앓는 체했다.

"벌써 혹했구나."

비장들은 눈치를 채고 수군거리며 겉으로만 인사를 했다.

"예방께서는 침이나 한 대 맞으시오."

"아니오. 천만에요. 병이 아니니 진정하면 나을 것이오."

배 비장이 대답했다.

비장들은 웃음을 참고 방자를 불러 일렀다.

"너의 나리 병환은 대단치 않다 하니 진정되거든 잘 모시고 오도록 해라."

그러고는 배 비장에게 말했다.

"이대로 사또께 잘 말씀을 드릴 테니 마음 놓고 진정한 후에 오시오."

"동관들께서 이처럼 염려해 주시니 감사합니다. 사또께 잘 여쭈어 주시기 바랍니다. 아이고, 배야!"

그러자 동관 한 사람이 쑥 앞으로 나섰다. 이 사람은 짓궂기가 짝이 없는 사람이었다. 배 비장을 놀려 줄 생각으로 이렇게 말했다.

"그건 너무 염려 마시오. 사또께서는 동관께서 이런 때 없는 병이 있음을 짐작하시는 것 같습니다. 들으니 배앓이는 계집 손으로 문지르면 효력이 있다고 합니다. 기생 한 년을 두고 갈 테니 잘 문질러 달라고 하시오."

"아니오. 내 배는 다른 이의 배와 달라서 기생은 보기만 해도 배가 더 아프니 그런 말씀을 다시 하지 마십시오."

"참으로 그 배는 이상하구려. 계집 말만 들어도 더 아프다 하니 우리가 한 낙양 사람으로 천 리 밖에 와서 정의가 친형제 같은데 그처럼 괴로워하는 것을 보고서야 혼자 두고 어떻게 갈 수 있겠소? 진정된 후에 우리 같이 가도록 하는 게 좋겠소이다."

"동관께서는 내 성미를 잘 모르시는 것 같습니다. 나는 병이 나면 혼자서 진정을 해야 낫지 형제간일지라도 같이 있게 되면 낫기는커녕 더 아프니 사람을 살리려거든 어서 제발 먼저 가 주오. 애고 배야, 나 죽겠소!"

"정 그러시다면 혼자 두고라도 갈 수밖에 없소이다. 우리가 간 후에 무정한 사람들이라고 하지는 마시오."

동관들이 사또를 모시고 관으로 돌아갈 때 배 비장은 그 여인을 보아야겠다는 욕심을 주체할 수가 없었다.

"얘 방자야! 애고 배야!"

"예?"

"나는 여기에 온 후 눈앞이 몽롱해서 지척을 분간 못 하겠다. 애고 배야, 애고 배야."

"소인도 나으리께서 애를 쓰시는 것을 보니 정신이 하나도 없습니다."

"우리 사또 가시는 걸 자세히 보아라."

"저기 내려가십니다."

"애고 배야! 또 보아라."

"산모퉁이를 지났습니다."

"애고 배야! 또 보아라."

"저기 아득히 가십니다."

"난 배가 아프기를 그만두었다."

목욕을 하는 여자를 보려고 배 비장은 골짜기 화초 사이의 좁은 길로 몸을 숨겨 가만가만 사뿐히 걸어 들어갔다. 그리고 가느다란 소리로 방자를 불렀다.

"방자야!"

방자가 그에 대답했다. 그러나 말공대는 사라지고 없었다.

"예, 어째서 부르오?"

"너 저 거동을 좀 보아라."

배 비장의 말이었다.

"저기 무엇이 있소?"

"얘야, 요란하게 굴지 말아라. 조용히 구경하자구나."

백만 가지 교태를 다 부리며 놀고 있는 그 거동은 금도 같고 옥도 같았다.

배 비장은 드디어 이렇게 말했다.

"금이냐, 옥이냐?"

방자의 대답이었다.

"저 물이 여수가 아니거늘 금이 어찌 놀고 있겠소?"

"그러면 옥이냐?"

"이곳이 형산이 아니거늘 어찌 옥이 있겠습니까?"

"금도 옥도 아니라면 꽃이냐, 매화란 말이냐?"

"눈 속이 아니거늘 어찌 매화가 피겠소?"

"그럼 해당화가 틀림없구나."

"명사십리가 아니거늘 어찌 해당화가 되겠소?"

"그러면 국화란 말이냐?"

"국화도 아닙니다."

"꽃이 아니면 귀비란 말이냐?"

"온천물이 아니거늘 어찌 귀비가 목욕을 하겠습니까?"

"귀비가 아니면 불여우냐? 애고애고 나를 죽인다. 죽여!"

"나으리, 뭘 보고 그렇게 미쳤습니까? 소인의 눈엔 아무것도 안 보입니다."

"이놈아! 저기 저 건너 백포장 속에 목욕하는 저것을 못 본단 말이냐?"

"예! 소인은 나으리께서 무엇을 보고 그러시나 했지요. 저 건너 목욕을 하는 여인을 말씀하시나 보군요. 그렇지요?"

"옳다. 너도 이젠 보았단 말이구나. 상놈의 눈이라 양반의 눈보다는 많이 무디구나."

"예. 눈은 반상이 다르니까 소인의 눈이 나리의 눈보다는 무디어 저런 예에 어긋나는 것이 안 보입니다. 그러나 마음도 반상이 달라 나으리 마음은 소인보다 컴컴하고 음탐하여 남녀유별의 체면도 모르고 규중처녀가 목욕하는 것을 보고 욕심내어 눈을 쏘아 구경을 한단 말씀이시구려. 요새 서울 양반들 양반 자세를 하고 계집이라면 체면도 없이 욕심을 낼 데 안 낼 데 분간을 하지 못하고 함부로 덤비다가 봉변도 많이 당합니다."

"뭐라구? 이놈이?"

"유부녀가 약수에 목욕하는 것을 엿보는 타인 남자의 버릇없는 눈치를 채고, 친척들이 일시에 냅다 치면 꼼짝없이 혼만 날 것이니 저 여자 볼 생각은 꿈에도 마시오."

무안을 당한 배 비장이 말했다.

"다시는 안 본다. 그러나 그것을 보면 정신이 헛갈려 아무리 안 보려고 해도 지남철에 날바늘 달라붙듯 눈이 자꾸 그리로만 가니 어쩐단 말이냐?"

방자가 배 비장을 보고 있다가 소리쳤다.

"저 눈!"

"안 본다."

배 비장은 이렇게 말하면서도 그 눈은 여인에게로만 가는 것이었다.

배 비장은 이윽고 꾀를 내어 방자를 불렀다.

"저 경치가 참으로 좋구나. 서쪽을 살펴보아라. 저 불 같은 일
모의 경치가 아름답지 않으냐. 그리고 동쪽을 보아라. 약수 삼
천리에 봄빛이 아득한데 한 쌍의 파랑새가 날아든다. 남쪽을 또
보아라. 망망대해의 천리 파도에 대붕이 날다 지쳐 앉아 있다."

방자는 짐짓 속는 체하고 배 비장이 가리키는 대로 살펴보았
다. 배 비장은 그동안 여인을 훔쳐보기에 바빴다.

배 비장이 그 여인을 한참 바라볼 때 방자가 말했다.

"저 눈은 일을 낼 눈이로군."

배 비장이 깜짝 놀라서 두 손으로 눈을 가리면서 어쩔 줄 몰
라 했다.

"나 안 본다. 염려 마라."

이때 방자는 갑자기 기침을 한 번 했다. 그러자 그 여인이 깜
짝 놀라는 체하고 몸을 웅크리며 후다닥 물 밖으로 뛰어나와서
속곳을 안고 백포장 푸른 숲 속으로 얼른 뛰어 들어가는 것이었
다. 그 모습은 구름 속으로 들어가는 보름밤 밝은 달 같았다.

배 비장은 그것을 보고 멍하니 정신을 잃고 앉았다가 스스로
탄식하며 방자를 꾸짖었다.

"이놈, 네 기침 한 번이 낭패로다. 고얀 놈 같으니라구!"

그리고 앉았다가 또 이윽고 배 비장은 다시금 입을 열었다.

"얘, 방자야!"

"예!"

"네 저 백포장 밖에 가서 문안을 한 번 드리고 그 여인께 전갈을 해라."

방자는 말없이 배 비장을 바라보았다.

"문안을 드리되, '이 산에 온 나그네가 꽃 보고 놀다가 여행의 피로로 몸이 노곤하고 기갈이 몹시 심하니 혹시 음식이 있거든 기한을 면하게 해 주시면 천만 감사하겠습니다.' 하고 여쭈어라."

방자 놈이 대답했다.

"나는 죽으면 죽었지 그런 전갈은 하지 못하겠습니다. 부지초면에 어떻게 남의 여자에게 음식을 달라고 하겠습니까? 그러다가는 매 맞아 죽기에 꼭 맞겠습니다."

이에 배 비장이 말했다.

"방자야! 만일 매를 맞게 된다면 매는 내가 맞을 것이니 너는 달아나 버리면 그만이 아니겠느냐?"

방자가 대답했다.

"나으리의 정경을 보니 죽을 때 죽더라도 그렇게 할 도리밖에 더 없겠습니다."

그러고는 슬슬 그곳으로 걸어가서 헛 절을 한 번 꾸벅 하고 나서 잠시 후에 이렇게 말했다.

"쉬! 애랑아. 배 비장이 벌써 너에게 반했으니 무슨 음식이 있거든 좀 차려 주려무나."

애랑은 방긋이 웃고서 온 정성을 다하여 산중귀물로 음식상을 정갈하게 차렸다. 그리고 맑은 술까지 자라병에 가득 채워 내주었다.

"너의 나으리가 무례하지만 기갈이 몹시 심하다기에 이 음식을 보내니 그도 먹고 너도 먹고 빨리빨리 가거라."

방자가 애랑의 말을 전하고 음식을 올리니 배 비장은 얼씨구나 하고 음식을 받아 앞에 놓고 칭찬하고 나서 물었다.

"내 진작 이럴 줄 알았거니와, 저 감에 이빨 자국이 나 있으니 이게 어찌 된 일이냐?"

방자 놈이 대답했다.

"그 여인이 감 꼭지를 이로 물어 뗐습니다."

배 비장이 껄껄 웃었다.

"이 음식 너 다 먹어라. 나는 감이나 한 개 먹고 말겠다."

방자 놈은 짓궂게 감을 집어 들었다.

"이빨 자국이 난 것이라 그 여인의 침이 묻어 더럽습니다. 소인이 먹겠습니다."

"이놈! 어이없는 소리 하지 말고 어서 이리 내놓아라."

배 비장은 감을 빼앗아 껍질째 달게 먹은 다음, 그 여인에게 방자를 시켜 전갈을 보냈다.

"'이같이 좋은 음식을 보내 주셔서 잘 먹었습니다.' 하고, 또 '무례한 말씀이나 하늘에는 양이 있고 땅에는 음이 있는데 이 음과 양이 서로 만나 합함은 인생의 누구에게나 있는 일인 바 방탕한 화류객이 홀연히 산에 올라왔다가 꽃을 찾는 벌, 나비의 마음을 주체할 수 없어 하니 이 마음을 헤아려 주소서.' 하고 여쭈어라."

방자는 배 비장의 분부대로 그 여인에게로 가서 전갈을 했다. 그리고 돌아와서 배 비장에게 말했다.

"그 여인이 답례는 듣지도 않고, 큰 탈 날 것이니 빨리빨리 돌아가라고 합디다."

배 비장은 쓸쓸하게 긴 탄식을 하면서 일어섰다.

"할 수 없다. 이젠 내려가자."

침소로 돌아온 배 비장은 그 여인을 잊지 못하여 상사병을 앓았다.

"한라산 맑은 정기를 제가 모두 타고 나서 그리도 곱게 생겼는가? 잊을 수가 없으니 한이로다. 애고애고 이 일을 어찌할꼬?"

그러나 배 비장은 이윽고 굳은 결심을 하고야 말았다.

"에라! 죽더라고 말이나 한 번 건네 보고 죽으리라."

그리고 일어섰다.

"얘야, 방자야!"

"예, 부르셨습니까?"

"어서 이리로 좀 오너라. 나는 죽을병이 들었구나!"

"무슨 병이 드셨기에 그처럼 신음하십니까? 패독산이나 두어 첩 드셔 보십시오."

"아니다. 패독산이나 먹고 나을 병이 아니다."

"그러면 망령병이 드셨나 보구려. 망령병에는 무슨 약보다 당약이 제일이랍니다."

"무슨 약이란 말이냐?"

"홍두깨를 삶은 것을 당약이라고 합니다. 젊은 양반 망령엔 당약이 제일입니다."

"아니다. 내 병에는 따로 약이 있다. 하지만 그걸 얻기가 어렵구나."

"그 무슨 약이기에 그렇게 어렵다는 말씀이십니까? 하늘에 있는 별도 따려면 딸 수 있지 않겠습니까?"

"방자야! 그 말만 들어도 속이 시원해지는구나. 그렇다면 내가 살고 죽고는 방자 네 손에 달렸다. 네 날 좀 살려다오."

"아따 나으리도, 죽긴 누가 죽습니까? 말씀이나 하시구려."

"오냐. 방자야 어제 한라산 수포동 푸른 숲 속에서 목욕하던 여인을 보지 않았느냐? 그 여인으로 하여 병을 얻었다. 이거 죽을 지경이로구나. 네가 그 여자를 볼 수 있게 해 주려무나."

"그렇습니까? 그러나 그 여자는 규중에 있으니 만나 볼 길이 없습니다."

배 비장은 더 할 말을 잊어 버렸다. 그러다가 길게 한숨을 내쉬며 다시 입을 여는 것이었다.

"애야 방자야! 그 여자가 음식 차려 보낸 것을 보면 그도 내게 전혀 마음이 없진 않았던가 보더라. 한 번 말이나 해 봐라."

"어디다 말을 한단 말씀입니까?"

"그 여인에게다."

"나으리! 그건 어림없는 일입니다. 그 여인의 성깔이 악하고, 절개가 굳으니 그런 생각은 절대로 하지 마십시오."

배 비장은 방자를 잡고서 애걸하다시피 했다.

"애야! 될지 안 될지 편지를 써 줄 테니 전하고 오너라. 일만 잘되면 구전으로 삼백 냥을 주마! 방자야 어떠냐?"

방자 놈은 구전을 많이 준다는 소리에 군침을 흘렸다. 그러나 관문에서 구렁이가 된 놈이므로 돈냥이나 얻어 볼 생각으로 은근히 잡아떼는 것이었다.

"소인은 그 편지 가지고 가지 못하겠습니다."

"방자야! 그게 무슨 말이야? 내가 천 리 밖 이곳에 와서 터놓고 지내는 하인이 너밖에 더 있느냐? 네가 내 마음을 몰라주고 가지 않는다면 누가 간단 말이냐! 그러니 방자야, 잘 생각을 하고 내 이 안타까운 마음을 풀어 다오! 얘, 방자야!"

"나으리! 소인이 나리와의 정의를 생각하면 물불을 사양치 않고 뛰어들겠습니다. 그러나 그러지 못할 사정이 있습니다."

"무슨 사정이냐? 어서 말해 보아라."

"소인은 세 살 때 아비가 죽어 늙은 어미 손에서 자라 열 살 때부터 방자 노릇을 해 왔는데 한 달에 관가에서 주는 것이라곤 돈 두 냥뿐입니다. 그러니 온갖 심부름을 하노라면 신발값이나 되겠습니까? 먹고 사는 것은 어떠냐 하면, 각방 나으리님네가 잡수시다 버리는 밥이나 얻어서 어미와 그날그날 연명해 가는 형편입니다."

방자는 말을 계속했다.

"소인의 사정이 이러니 일이 뜻 같지 않아 소인이 병신 되어 나리도 모실 수 없고 늙은 어미는 먹일 수 없게 되면 소인의 신세는 어떻게 되겠습니까? 그러므로 그렇게 위태로운 곳엔 갈 수 없습니다. 나리께서 살펴 주십시오."

"그런 일이라면 아무 염려 말아라. 만일 매를 맞을 경우라면 네 상처가 낫도록 해 줄 것이며, 네 어미는 내가 먹여 살리겠다.

그러니 아무 염려 말고 어서 이거나 갖다 주어라."

배 비장은 얼굴에 미소를 띠고 궤를 덜컥 열더니 돈 일백 냥을 내주는 것이었다.

"이게 약소하지만 우선 네 어미에게 갖다 주어 양식이나 팔아먹도록 해라."

방자는 그제야 못 이기는 체 응낙을 했다.

"나으리께서 정 그러시다면 편지를 써 주십시오."

"일이 잘 되고 못 되는 것은 네 수단에 달렸으니 부디 눈치 있게 잘해라."

방자는 애랑에게 그 편지를 전했다. 편지 내용은 한마디로 줄인다면 다음과 같다.

'낭자를 한 번 본 후 상사의 괴로움으로 깊은 병이 들었는 바, 내가 죽고 사는 것은 낭자의 손에 달렸으니 모쪼록 이 마음을 알아주십시오.'

애랑이 편지를 다 읽고 나자 방자가 애랑에게 말했다.

"답장을 하되 허투로 하지 말고 애가 타게 해라."

방자가 애랑의 답장을 받아다 주니, 배 비장은 애랑의 편지를 두 손으로 받아 대학지도나 읽는 듯이 읽어 내려갔다. 그러다 '미친 소리 말고 마음을 바로잡고 물러가라.'는 한 대목에 이르자 깜짝 놀라고 말았다.

"애고 이일을 어찌할꼬? 섬 속에 원통한 귀신 되었구나."

곁에서 방자가 채근했다.

"여보 나으리, 실심 마시고 그 아래를 더 읽어 보십시오. 연(然) 자가 있소그려."

배 비장은 다시 편지를 읽어 내려갔다.

"옳지, 연 자의 뜻을 알았다."

배 비장은 무릎을 치면서 읽어 내려갔다.

'연이나(그렇긴 하나) 장부의 중한 몸으로 나로 인하여 병을 얻었다 하시니 어찌 가엾지 않겠습니까? 나는 규중 여자의 몸으로 출입을 마음대로 할 수 없어 만나기 어려우니 달이 진 깊은 밤에 벽헌당을 찾아와서 몰래 안으로 들어오십시오. 그러면 한 베개를 베고 잘 수 있을 것입니다. 하지만 만약 실수한다면 그 몸이 위태합니다. 만약 오시려거든 집 안이 번거롭고 닭과 개가 많으니 북창 쪽으로 살살 가볍게 걸어오십시오.'

배 비장의 눈은 휘둥그레졌다. 그렇게도 못 견디게 정신이 몽롱하고 온 몸이 쑤시던 병이 감쪽같이 나은 것 같았다.

기다리던 밤이 되자 배 비장은 정장을 하고 서둘러 길을 나섰다. 그런데 방자가 이를 보고 참견하고 나서는 것이었다.

"나으리, 소견 없소. 밤중에 유부녀와 통간하시면서 비단옷을 입고 가다가는 될 일도 안 될 것입니다. 의관을 모두 벗으시오."

"벗다니? 초라하지 않겠느냐?"

"초라하게 생각이 드시면 가지 마십시오."

"애야! 요란스럽게 굴지 마라. 내 벗으마."

배 비장은 방자의 말을 따라 의관을 훨훨 벗어 버리고 덜덜 떠는 것이었다.

"애야, 알몸으로 어찌하란 말이냐?"

"그게 좋습니다. 그리고 누가 보면 한라산 매 사냥꾼으로 알 겠습니다. 제주 복색으로 차림을 차리시오."

"제주 복색은 어떤 것이냐?"

"개가죽 두루마기에 노벙거지로 차리십시오."

"애야! 그건 너무 심하지 않느냐?"

"심하다고 생각이 들거들랑 가지 마십시오."

"아니다 방자야. 네가 하라면 개가죽이 아니라 돼지가죽이라 도 뒤집어쓰마."

배 비장은 개가죽 두루마기에 노벙거지로 차렸다.

"애야, 범이 보면 나를 개로 알겠다. 총 한 자루만 꺼내어 들 고 가자! 그러는 게 안전하지 않겠느냐?"

"그렇게도 겁이 나고 무섭거든 차라리 가지 마오."

"애야! 네 정성이 그런 줄 몰랐구나. 네가 못 갈 것 같으면 내 가 업고라도 가마! 어서 가자 방자야!"

높은 담 개구멍을 찾아가서 방자가 먼저 기어 들어갔다.

"쉬! 나리, 잘못하다가는 큰일 날 것이니 두 발을 한데 모아 묘리 있게 들이미시오."

배 비장이 두 발을 모아 들이밀자, 방자 놈이 안에서 배 비장의 두 발목을 모아 쥐고 힘껏 당기니 부른 배가 걸려서 들어가지도 뒤로 빠지지도 못했다.

배 비장은 두 눈을 흡뜨고 바드득 이를 갈며 말했다.

"얘야, 조금만 놓아 다오."

방자가 갑자기 다리를 탁 놓자 배 비장은 곤두박질하고는 다시 일어나 앉으면서 말했다.

"매사가 순리로 되지 않으니 낭패로구나. 산모의 해산법을 말하더라도, 아이를 머리부터 낳아야 순산이라 한다. 그러니 상투를 먼저 들이미마. 너는 이 상투를 잡고 안으로 끌어들여라."

방자 놈은 배 비장의 상투를 노벙거지째 와락 잡아당겼다. 한동안의 실랑이 끝에 드디어 펑 하고 들어가자 방자가 말했다.

"불을 켠 방으로 들어가서 욕심대로 얼른 놀다가 날이 새기 전에 나오십시오."

방자는 몸을 숨기고는 배 비장의 거동을 엿보았다.

가만가만 자취 없이 들어가서 문 앞에 서서 손가락에 침을 발라 문구멍을 뚫고 한눈으로 안을 들여다본 배 비장은 정신이 아찔했다. 등불 밑에 앉은 여인의 자태가 천상의 선녀를 보는 듯했기 때문이다.

그런데 그 선녀가 피우는 담배 연기가 문구멍으로 풍겨 왔다. 배 비장은 담배 연기를 맡고 저도 모르게 재채기를 했다. 그러자 여인이 놀랐는지 문을 활짝 열어젖히면서 소리쳤다.

"도둑이야!"

배 비장은 겁에 질려 몸을 부들부들 떨면서 겨우 말했다.

"문안드리오."

"범을 그리려다 강아지를 그린 것 같군. 아마도 뉘 집 미친개가 길을 잘못 들어왔나 보다."

여인은 배 비장의 꼴을 보다가 이렇게 말하고는 나뭇조각으로 배 비장을 한 번 쳤다.

그러자 배 비장이 말했다.

"나 개 아니오."

"그러면 뭐냐?"

"배가요."

계집은 배 비장의 꼴을 보고 웃으며 내려와 손목을 잡고 방으로 들어갔다.

"이 밤에 웬일이오?"

들어가 정담을 나눈 뒤에 불을 막 끄고 나니, 방자 놈이 고함을 였다.

"불 켜 놓고 문 열어라!"

여인이 깜짝 놀라는 체하고 몸을 떨며 당황해할 때 방자 놈의 지어낸 언성이 다시 떨어졌다.

"요사스러운 년, 내 몸 하나 옴짝하면 문 앞의 신 네 짝이 떠날 날이 없으니, 또 어느 놈과 미쳐서 두런거리고 있느냐? 이 연놈을 한 주먹에 뼈를 부수어 박살 내리라."

배 비장은 혼비백산하여 허둥거렸으나 외문이어서 도망할 수도 없었다.

할 수 없이 알몸으로 이불을 쓰고 여자에게 물었다.

"그게 본 남편이오? 성품이 어떻소?"

"성품이 매우 표독합니다. 미련하기로는 도척이요, 기운은 항우요, 술을 좋아하고 화가 나면 백주에도 칼을 뽑아 피 보기를 예사로 합니다."

계집의 말을 들은 배 비장은 애걸복걸하면서 여인에게 매달렸다.

"낭자, 나를 제발 살려 주게."

계집은 언제 장만해 두었던지 커다란 자루를 꺼내 가지고 와서는 아가리를 벌리면서 말했다.

"이리 들어가시오."

배 비장은 이상하게 여기면서도 겁에 질려 덜덜 떨리는 음성으로 물었다.

"거기엔 왜 들어가라는 거야?"

"들어가면 살 도리가 있으니 어서 들어가시오."

계집은 배 비장을 자루에 담은 후에 자루 끈을 모아 상투에 감아 매고 등잔 뒤 방구석에 세워 놓고 불을 켰다.

이때 방자 놈이 문을 왈칵 열고 성큼 들어서며 사면을 둘러보았다.

"저 방구석에 세워 놓은 것은 무엇이냐?"

"그건 알아서 뭐 하시려오?"

계집이 간드러지게 대답했다.

"이년아, 내가 묻는 말에 대답할 것이지 무슨 반문이냐? 이년 주리 방망이 맛을 보고 싶으냐! 맛을 보고 싶다면 지금 당장 보여 주마."

계집의 음성이 더욱 간드러졌다.

"거문고에 새 줄을 달아 세워 놓은 것입니다."

그러자 방자 놈은 수그러지는 체하고 수그러진 음성으로 말했다.

"음! 거문고라면 한 번 타 볼까."

그러더니 대꼬챙이로 배부른 등을 탁탁 쳤다. 배 비장은 아픔을 참을 길이 없었으나, 꿈틀거릴 수도 없는 일이다.

배 비장은 아픔을 꾹 참고 대꼬챙이로 때릴 때마다 자루 속에서, '둥덩 둥덩' 하고 소리를 냈다.

"음! 그놈의 거문고 소리가 매우 웅장하구나. 대현을 쳤으니 이제 소현을 쳐 봐야겠군."

이번에는 코를 탁 쳤다.

"둥덩 둥덩!"

"음! 그놈의 거문고가 이상하다. 아래를 쳐도 위에서 소리가 나고 위를 쳐도 위에서 소리가 나니 말이다. 이 어떻게 된 놈의 거문고냐?"

계집이 대답했다.

"이건 특수한 거문고라서 그렇답니다."

"그러냐? 술 한 잔 따르고 줄을 골라라. 오늘 밤 한 번 놀아 보자. 내 소피 보고 들어오마."

방자는 문밖으로 나와서 가만히 귀를 기울이고 엿들었다.

자루 속에서 배 비장의 말소리가 들려왔다.

"여보, 그자가 거문고를 꺼내 볼 것 같으니 다른 데로 나를 옮겨 주오."

"이곳으로 어서 들어가시오."

계집은 윗목에 놓인 피나무 궤를 열고 말했다. 궤 속으로 들

어간 배 비장은 몸을 옹송그리고 앉아 생각하니 한심스러웠다. 그러나 그것이 모두 자기가 믿고 데리고 있는 방자의 계교라는 것을 어찌 알 것인가.

계집이 궤 문을 닫고 쇠를 덜커덕 채우니 이제는 함정에 든 범이요, 독 안에 든 쥐였다. 배 비장은 숨이 가빠져 왔다.

이때 나갔던 사내가 다시 들어오면서 말하는 소리가 들렸다.

"아까 눈이 저절로 감겨 잠깐 꿈을 구니 백발노인이 나를 불러, 네 집에 거문고와 피나무 궤가 있느냐고 묻기에 그렇다고 대답했다. 그랬더니 액신이 붙어서 장난을 하므로 패가망신할 징조라 했다. 저 궤를 불태워 버려야겠다. 어서 짚 한 단을 가지고 가서 불을 놓아라!"

배 비장은 눈앞이 캄캄했다.

"이젠 화장인가. 이 일을 어찌한단 말이냐. 뛰쳐나가지도 못하고."

이때 계집이 악을 썼다.

"조상 적부터 전해 내려온 기물로 업귀신이 들어 있는 업궤인데. 그것을 불사르라니 안 될 말이오."

"네 이년, 나는 너하고 못 살겠다. 나는 업궤를 가지고 가겠다."

사내가 궤를 덜컥 어깨에 걸머지고 밖으로 나가려 하자 계집이 붙들고 늘어졌다.

"임자가 업궤를 가져가고 나는 망하란 말이오? 이 궤는 못 놓겠소."

"그렇다면 한 토막씩 나누어 갖자."

사내는 커다란 톱을 가지고 와서 궤짝 위에 올려놓고 말했다.

"자 어서 마주 잡고 톱질을 하자."

배 비장은 더 참지 못하고 엉겁결에 소리를 질렀다.

"여보소, 미련도 하오. 하룻밤을 자도 만리성을 쌓는다 하지 않소? 그 계집에게 궤를 다 주구려. 토막을 내면 못 쓰게 되고 말지 않소?"

그러자 사내가 톱을 내던지며 말했다.

"아뿔사! 이놈의 업귀신이 사람이 되었나, 불침으로 찔러야겠다."

불에 단 송곳이 배 비장의 왼편 눈으로 내려왔다.

일이 이 지경에 이르고 보니 궤 속의 배 비장은 비장한 결심을 하고서 악이라도 한 번 써 보지 않을 수 없었다.

"여보, 아무리 무식하기로서니 눈의 소중함을 모른단 말이오?"

"에그! 업귀신이 저 상할 줄 미리 알고 애걸하니 정상이 딱하구나. 그 몸 상하지 않도록 궤를 져다가 바닷물에 던져 버려라."

사내는 질방을 걸어 궤짝을 지고 밖으로 나가는 것이었다.

그리고 얼마쯤 가는데 어디서 한 사람이 앞으로 나서면서 물었다.

"그게 뭐냐?"

"업궤요."

"그 궤를 내게 팔아라."

"그러시오."

사내는 궤짝을 져다가 사또가 있는 동헌 마당에 내려놓았다. 그러고는 물에 던지는 시늉을 하며 궤의 틈으로 물을 붓고 흔들었다.

"궤 속 귀신 너는 들어라! 이 파도에 띄울 테니 천릿길을 떠나거라."

배 비장은 생각했다.

'어허 궤가 벌써 물에 떴나 보구나. 이젠 죽었구나.'

그런데 얼마 후에 들으니 어기어차! 어기어차! 하는 소리가 들려왔다. 물론 사령들이 지어서 하는 배 젓는 소리였다.

배 비장은 소리를 질렀다.

"이보소! 거기 가는 배는 어디로 가는 배요?"

"제주 배요."

"어렵지만 이 궤를 건져다가 죽을 목숨 살려 주오."

"궤 속에서 이상한 소리가 난다. 우리 배에 부정 탈라! 멀리 떠밀어 버리자."

"난 사람이니, 제발 살려 주오."

"어디 사는 사람이냐?"

"제주 사오."

"제주라는 곳이 미색의 땅이라, 분명 유부녀 통간 갔다가 그 지경이 되었구나."

"예, 맞소이다."

"우리 배엔 부정이 탈까 못 올리겠고, 궤 문을 열어 줄 테니 헤엄을 쳐서 가거라. 그런데 이 물은 짠물이니 눈에 들어가면 눈이 멀지도 모르니 눈을 감고 가라."

사공이 이렇게 말하고는 궤를 덜커덕 열었다.

배 비장은 알몸으로 쑥 나와서 두 눈을 잔뜩 감고 이를 악물고 와락 두 손을 짚으면서 허우적거렸다.

한참을 이 모양으로 헤엄쳐 가다가 동헌 댓돌에다가 대가리를 부딪치자 배 비장은 두 눈을 번쩍 떴다.

자세히 살펴보니 동헌에 사또가 앉아 있고, 전후좌우에 관속들과 기생, 노비들이 늘어서서 웃음을 참느라고 두 손으로 입을 틀어막고 있는 것이었다.

사또가 웃으면서 물었다.

"자네, 그 꼴이 웬일인고?"

배 비장은 어리둥절하고 할 말이 없어 고개를 푹 수그렸다.

이춘풍전

*

숙종대왕 즉위 초에 사람들이 화합하고 풍년이 드니, 나라가 태평하고 백성이 편안했다. 비가 때맞추어 알맞게 내리고 바람이 고르게 불고 집집마다 사람이 족하며, 산에는 도적이 없고 길에 떨어진 물건을 줍는 이도 없으니 요순임금의 태평 시대와 같았다.

이때 서울 다락골에 이춘풍이란 사람이 살았다. 부모는 장안의 제일가는 거부인데, 안타깝게도 혈육이 춘풍뿐이었다.

부모는 그를 극진히 사랑하여 귀한 아들로 길러 냈는데 인물은 옥골이요, 헌헌장부였다.

그러던 어느 날 춘풍의 부모가 한꺼번에 세상을 떠나고 말았다. 춘풍은 망극해하며 삼년상을 마쳤다.

그러나 가까운 친척이 없어 춘풍을 가르칠 사람이 없다 보니, 방탕한 생활로 가산을 탕진하고 말았다. 남북촌 오입쟁이들과 휩쓸려 다니며 밤낮 놀기만 하는데 그것이 끝도 한도 없었다.

모화관 활쏘기와 장악원 풍류하기, 산영에 바둑 두기, 장기 골패 쌍륙 투전, 육자배기 사시랑이 동동이 엿방망이 하기와, 아이 보면 돈 주기, 어른 보면 술대접하고, 고운 양자 맑은 소리, 맛좋은 일년주며 벙거짓골 열구지탕 너비할미 갈비찜에 날마다 취해 놀다가, 청루 미색들이 달려들어 수천금을 한순간에 날려 버리니 천하 부자 석숭인들 남아날 것이 있겠는가. 그리 되니 전에 달려들던 청루 미색들도 슬슬 피해 가는 것이었다.

할 수 없이 집으로 돌아온 춘풍이 아내에게 말했다.

"집이 가난해지면 현숙한 아내가 생각난다 하더니, 애고 이제 어찌할꼬."

춘풍 아내가 말했다.

"여보, 내 말 좀 들어 보소. 대장부로 태어났으면 문무 간에 힘을 써서 과거에 급제하여 청라삼 떨쳐입고 부모님께 영화를 뵈고 후세에 이름을 내면 패가를 할지라도 무엮치나 않지요. 그렇지 못하면 농업에 힘을 써서 처자를 굶기지 말고, 의식이나 호강하며 지내다가 말년에 이르러 자식에게 넘겨주고 내외가

평생을 함께한다면, 그것도 좋지 않겠소? 부모가 물려준 재산을 하루아침에 다 없애고 수다한 노비전답은 남에게 다 넘겨주고, 처자를 돌아보지 않으면서 주색에 빠져 놀다 이렇게 되었으니, 어찌 살자는 말이오. 제발 그러지 마오, 주색잡기 좋아 마오. 자고로 오입한 사람치고 가산 탕진 안 한 사람이 어디 있소. 내 말 좀 잠깐 들어 보소. 미나릿골 이패두는 청루 미색 즐기다가 나중에 신세 글러졌고, 동문 밖의 오청두도 투전잡기 즐기다가 말년에 걸인 되었소. 남산 골목 화전도 소년의 부자로서 주색잡기 즐기다가 늙어서 잘못 죽고, 모시전 김 부자도 술 잘 먹고 허랑하기 장안에 유명하더니 수만금을 다 없애고 기름 장사를 다니지 않소. 일로 두고 볼지라도 주색잡기 다시 마오."

이렇듯 만류하니 춘풍이 이렇게 대답했다.

"자네 내 말 좀 들어 보소. 심부름꾼 대실이는 술 한 잔을 못 먹어도 돈 한 푼을 못 모으고, 이각동은 오십이 되도록 주색을 몰랐어도 남의 집 심부름꾼을 못 면했고, 탑골 복동은 투전 골패 몰랐어도 수천금을 다 없애고 굶어 죽었소. 이러니 반드시 주색잡기를 하다가 가산이 기울었다고는 할 수 없지. 자네 내 말 좀 들어 보소. 술 잘 먹는 이태백은 앵무배로 백 년 삼만 육천 일을 매일 취해 있었어도 한림학사 다 지냈고, 자골전 일손은 주색잡기 했어도 나중에 잘 되어서 일품 벼슬했으니, 이를 두고 볼지라도 주색잡기 좋아하는 것은 남아에겐 흔한 일이요. 나도 이리 노닐다가 일품 벼슬하고 이름을 후세에 전하리라.”

이처럼 허랑하여 조석을 이을 수 없을 만큼 가산을 탕진하고 나니, 춘풍이 그제야 뉘우치며 아내에게 사과하고 지성으로 비는 것이었다.

“자네 부디 노여워 마오. 자네 부디 설워 마소. 내 이제야 깨달으니 지난 일이 모두 내 잘못이구려. 이제 이렇듯 가난하게 되었으니, 어찌하면 좋단 말이오. 오늘부터 집안일을 자네에게 모두 맡길 것이니 자네 마음대로 다스려서 의식(衣食)이나 줄지 말게 하소.”

춘풍의 아내가 말했다.

“부모님이 이루신 재산을 주색에 다 없애고 이 지경이 되었으니, 이후에 혹시 바느질 길쌈하여 돈푼을 모을지라도 그 무엇을 아끼겠소.”

춘풍이 대답했다.

“자네가 나를 믿지 못하니, 이후 주색잡기 않기로 수기를 써 줌세.”

그러고는 지필을 내어 수기를 쓰는 것이었다.

‘모년 모월 모일 기록을 남겨 전하노라.

오입 방탕하여 부모가 물려준 누만금을 주색잡기로 탕진하고, 이제야 그 잘못을 깨달으니 후회막급이라.

오늘 이후로 집안일을 모두 아내 김 씨에게 맡기니, 김 씨가 살림을 다스린 후로는 누만금 재산이라도 진정 김 씨 재산이요, 가장 이춘풍은 돈 한 푼 곡식 한 말도 건드리지 않기로 이같이 기록하오니, 일후에 만약 주색잡기를 하고 놀음을 하거든 이것을 가지고 관청에 가서 법대로 할지니라. 보증하여 쓰니 가장(家長)) 이춘풍이라.'

춘풍이 이름을 써서 주니 아내가 말했다.

"이 수기를 가지고 관에 가 법대로 하라 하였으나, 가장을 걸어 송사하면 되겠소?"

춘풍이 이 말을 듣고 수기를 고쳤다.

'이에 김 씨 앞으로 수기하노라. 이후 만약 엉뚱한 소리를 하거든 가히 못난 몸의 자식이라 할 것이니, 이 수기에 적힌 대로 할지라.'

김 씨는 수기를 받아 함롱에 넣어 두고 이날부터 살림을 다스렸다.

김 씨의 바느질 길쌈은 능란하여 셀 수 없이 많은 일을 했다. 닷 푼 받고 새 버선 짓기, 서 푼 받고 새김 볼 박기, 두 푼 받고 한 삼 짓기, 서 푼 받고 헌옷 깁기, 너 돈 받고 장옷 짓기, 닷 돈 받고 도포하기, 엿 돈 받고 천익 짓기, 일곱 돈 받고 금침하기, 한 냥 받고 속적삼 누비기, 두 냥 받고 바지 누비기, 석 냥 받고 긴 옷 누비기, 넉 냥 받고 관복 짓기, 겨울이면 무명길쌈, 여름이면 삼 베길쌈, 가을이면 염색하기, 이렇게 사시장철 주야로 쉴 새 없 이 사오 년을 모은 돈을 장변이며 월수 놓아 수천금을 모으니, 의식이 넉넉하고 가세가 풍족하여 부족할 것이 없었다.

이때 춘풍은 아내 덕에 의복을 잘 차려입고, 기름진 고기와 맛있는 음식을 먹고 즐기며 제 집 술로 매일 취했다. 그러다 보 니 마음이 교만해져 이전 행실이 절로 나왔다.

떵떵거리던 그는 내달아서 호조 돈 이천 냥을 비싼 이자로 얻 어 내어 방물 군자인 체하고, 평양으로 장사를 떠나려 했다.

이에 춘풍의 아내가 크게 놀라며 말했다.

"서방님, 내 말 좀 잠깐 들어 보소. 이십 전에 부모님 재산 탕 진하고 그 사이 오 년을 아무 일도 안 하여 물정도 어려운데 평 양 장사는 가지 마오. 평양 물정 내 들었소. 번화 사치하고, 청루 미색들이 돈 많고 허랑한 자는 세워 두고 벗긴다 하오. 부디 그 곳엔 가지 마오."

아내가 지성으로 만류하니 춘풍이 말했다.

"나도 또한 사람이오. 이십 전에 패가하고 원통함이 골수에 박혔소. 천금진산환부래(千金盡散還復來, 재산이 모두 흩어졌다 다시 돌아옴)라 했으니 낸들 매양 망하기만 하리까. 내 속히 다녀오겠소."

춘풍의 아내가 말했다.

"연전에 살림이 결딴나 돈 한 푼 곡식 한 말을 건드리지 않겠다고 한 수기를 내 함롱에 넣어 두었는데, 그 사이 잊으셨소? 의식을 내게 맡겨 편안히 앉아 먹고 부디부디 가지 마소."

춘풍이 이 말을 듣고 화가 나서 어질고 착한 아내의 머리채를 비단 감듯 휘휘 칭칭 감아쥐더니, 이리 치고 저리 치며 역정을 냈다.

"천리 먼 길 장삿길을 나서려는데 요망한 계집년이 잔말을 이리 하니, 이런 변이 또 있는가?"

이렇듯 제 아내를 욱지르고 집안 재물을 다 털어서 말에 싣고 떠나니, 아무도 말릴 수가 없었다.

*

    이때 춘풍이 이천오백 냥을 삯말 내어 실어 놓고, 좋은 말 반 부담에 호파 안장 높이 하고 의기양양 내려갔다.

    연소문과 무학재를 얼른 지나 평양길 내려갈 제 청석골에 다다라서, 정신이 쇄락하여 좌우 산천을 바라보니 때는 춘삼월 호시절이었다. 고을고을에 꽃은 날려 분분하고 수양버들엔 꾀꼬리가 날아들었다. 춘풍이 가는 말을 재촉하자, 피는 꽃 푸른 잎은 산색을 가리고 나비와 새는 봄철을 희롱했다.

    동선령을 바삐 넘어 황주 병영을 구경하고, 중화로 평양을 바라보고 형제교를 얼른 지나 십리장림을 지나 대동강에 다다라서 모란봉을 쳐다보니 그 아래 부벽루 둘러 있고, 대동문 연광정 제일강산이 다 내다보였다. 성내에 들어서니 인가도 번성하고 물색도 번화했다.

    춘풍은 청루 앞을 지나 객사 동편에 머물 곳을 정하고, 열두 바리 실어 온 돈을 차례로 들여놓고 삼사 일 유숙하며 물정을 살폈다.

    하루는 난간에 의지하여 한 집을 바라보니 집치레도 좋거니와 주인 거동이 눈길을 끌었다. 그 여인은 평양 일색 추월인데, 얼굴도 일색이요, 노래도 명창이요, 나이는 십오 세였다. 성중의 호걸이나 팔도의 한량들은 한 번 보면 수삼백 냥 쓰기를 물 쓰듯 했다.

이때 추월은 서울의 부유한 장사치 이춘풍이 수천 냥을 싣고 와서 뒷집에 머문다는 말을 들었다. 그리하여 춘풍을 홀리려고 벽계수 청루 위에 사창을 반쯤 열어 두고 표연한 교태로 녹의홍 상 다시 입고 천연히 앉아 있었다.

그 모습을 춘풍이 얼른 보니 얼굴이 푸른 하늘에 뜬 달과 같 고, 모란화가 아침 이슬에 반쯤 핀 형상이었다. 그 절묘한 맵시 는 해당화가 그늘 속 그림처럼 하찮아 보이니 월궁의 항아라 할 만했다. 생긴 태도는 앵도화가 무르녹고 아미산 반륜월이 맑은 강에 비친 것 같고, 서시가 다시 태어나고 양귀비가 다시 온 듯 했다.

추월이 청루 위에 홀로 앉아 오동 복판 거문고를 무릎 위에 얹어 놓고, 탁문군을 꾀어내던 사마상여 봉황곡을 둥흥동동지 동당 타니, 춘풍은 심신이 황홀해져 미친 마음이 절로 났다.

춘풍이 본디 계집이라 하면 화약 한 섬을 지고 모닥불에 보금 자리를 치는 사내인지라, 모든 정신이 추월에게로만 향했다. 춘 풍이 좋은 의복을 갖춰 입고 갈지 자 걸음으로 중문 안에 들어 서니, 추월이 계단 밑에 내려서서 춘풍의 적삼을 휘어잡고 난간 으로 올랐다.

춘풍이 좌우를 살펴보니 집치레도 황홀했다. 사면팔자 입구자로 육간대청 전후 퇴에 이층 난간이 맵시 있고, 방 안을 살펴보니 각장과 장판 소란, 반자 국화 새긴 완자창과 산수병의 미인도가 아름다웠다. 묵화로 죽엽 쳐서 벽장문에 붙여 두고 원앙금침 잣베개를 지리장에 개어 놓고, 분벽주련 둘러보니 동중서의 책문이며 제갈량의 출사표며, 적벽부 양양가가 구절마다 붙어 있었다. 놋촛대와 등잔걸이가 여기저기 놓여 있고, 요강과 재떨이며, 청동화로 수박화로 삼층들이 화류장은 드문드문 벌려 놓고, 벼루의 용머리 장식이며 장목비며 용담 백담 화문석에 계자다리 옷걸이가 소홀치 않았다.

추월이 추파를 반만 던져 영접하여 앉은 모양이 아리따운데, 고운 얼굴은 흰 분으로 아름답게 화장하고, 삼단 같은 머리채는 휘휘슬슬 흘려 빗겨 금봉채로 단장하고, 의복은 비단 고쟁이에 무명 주단 단속곳, 통명주 깨끼적삼에 남대단 홑단치마를 주름 잡아 입은 것이 간드러졌다. 단순호치로 웃는 양은 춘풍에 복숭아꽃과 오얏꽃 필 때 반만 핀 홍련 같았다.

추월은 살짝 고개를 들어 웃으면서 여쭈었다.

"먼 길 서울에서 평안히 오셨습니까? 뒷집에 거처하여 사오 일 유숙하시면서 어찌 그리 더디 찾아 주셨는지요?"

이 말 저 말 다 버리고 추월이 분부하여 주찬을 차려 왔다.

국화 새긴 통영반에 주전자 올려놓고, 조르르 엮은 홍합·생선찜·오색 사탕·귤병 당대추며, 반달 같은 계피떡과 먹기 좋은 꿀합떡과 보기 좋은 화전이 가득했다. 또한 산승 웃기로 고여놓고, 꺽꺽 우는 생치 들여 정월 만배 영계찜을 곁들이고, 대모양각 큰 접시에 현초초 전복을 갖추어 곁들이고, 어회 · 겨자 · 초장·생청을 사이사이 올렸다. 청실레 홍실레·벗긴 날밤·접은 곶감·은행·대추·청포도·흑포도며, 머루·다래·유자·석류·감자·능금·참외·수박을 갖추었다.

병으로 말하자면 벽해상의 거북병과 목 옴츠러진 자라병과 만경창파 오리병·왜화병·당화병·일출병·월출병을 갖추어 벌여 놓고, 술로는 이태백의 포도주며, 도연명의 국화주며, 안기생의 과하주며, 석 달 열흘 백일주며, 소주·황소주 일년주·계당주·감홍로·향기로운 연엽주·산중처사 송엽주를 갖추갖추 놓았다.

추월이 섬섬옥수로 술을 졸졸 퐁퐁 가득 부어 건네니, 춘풍이 말했다.

"평양이 소강남으로 들었으니 권주가나 들어 보세."

추월이 붉은 입술을 열어 청가일곡으로 권주가를 불렀다.

"잡수시오 잡수시오, 이 술 한 잔 잡수시오. 백 년 삼만 육천 일 살아서도 우락중분 미백년이니 권할 적에 잡수시오. 백 년을 못살 인생 아니 놀고 어이할까. 이 술은 술이 아니라 한무제의 승로반에 이슬 받은 것이오니, 쓰나 다나 잡수시오. 초로 같은 우리 인생 한 번 돌아가면 뉘라 한 번 먹사오리. 살았을 제 먹사이다."

춘풍이 받아먹고 흥에 겨워 말했다.

"추월 춘풍 연분 맺어 하나 되어 놀아 볼까."

추월이 노래로 답을 했다.

"오얏꽃 희고 복숭아꽃 붉은 시절에 춘풍도 좋거니와, 이슬 희고 국화꽃 노란 시절에 추월이 밝았으니, 춘풍이 좋을시고. 진실로 그럴 양이면 추월 춘풍 연분 맺어 놀아 볼까나."

춘풍이 추월의 노래를 두고 답을 했다.

"아미산 반륜월, 도기영문 양추월, 북당야야 인사월, 동정월, 관산월, 황산릉명월, 오주에 여견월, 이월 삼월뿐이로다. 월백 풍청 여차양야에 나는 춘풍 너는 추월, 우리 둘이 배필 되면 천지가 변하기로 풍월이야 변할쏘냐."

추월이 대답하되,

"서방님은 월자운을 달았으니 나는 풍자운을 달아 볼까. 수수산에 서북풍, 낙양성에 견추풍, 만국병전 초목풍, 무협장취 만리풍, 양류수사 만강풍, 취적강산 낙원풍, 삼월에 화신풍, 동지섣달 설한풍, 이제 풍자 풍자 다 버리고 추월 춘풍 배필 되어 대동강이 마르도록 추월이야 변할쏜가. 좋을시고 청풍명월 야삼경에 양인심사 양인지라. 화류봉접 좋은 연분 어이 이제 만났는고.”

이날부터 이춘풍은 장사는 내팽개치고 이천오백 냥을 마음대로 쓰며 놀았다. 종일 취하여 밤낮으로 놀기만 할 때, 추월이는 수천 냥을 취하려고 갖은 교태를 다 부렸다.

“통한단 쌍문초, 도리불수 능라단, 초록 저고리 감만 사 주오. 은죽절 금봉채 갖은 노리개도 해 주오. 두리 소반 주전자·화로·양푼·대야도 사 주오. 동래 반상·안성 유기·구첩 반상·실굽다리 날 사 주오. 요강·타구·새옹 냄비·청동 화로도 필요하오. 백통대·은대·금대·수복 담뱃대도 사 주고, 문어·전복·편포도 안주하게 사 주오. 연안 백천 상상미로 밥쌀하게 팔아 주오. 동래 울산 장곽 해의도 사다 주오.”

갖가지로 다 사 달라 하니 허랑한 이춘풍은 하나도 빼지 않고 사 주었다. 수천여 냥 돈을 비일비재로 내어 주니 일 년이 못 가서 돈주머니가 비어 버렸다.

철없는 춘풍은 추월의 간교를 추호두 눈치채지 못했다.

추월이 춘풍의 재물을 다 빼앗은 후 괄시하여 내쫓자, 춘풍의 처지가 가련하기 이를 데 없었다.

“내 눈에 보기 싫다.”

춘풍이 눈앞에 있기만 하면, 추월은 거울을 휙 던지며 구박하기 일쑤였다.

춘풍이 성외 성내 한량들에게 의논했지만 괄시당하긴 마찬가지였다.

"전당포의 은촛댄가, 썩은 나무뿌리던가. 이러할 줄 몰랐던가."

"어디로 갈 것이오. 노자가 부족하면 한 푼 보태지요."

돈 한 냥 내어 주며 바삐 나가라 재촉하니, 춘풍의 분한 마음이 폭발하여 추월을 탓했다.

"우리 둘이 갓 만나서 원앙 금침 마주 누워, 대동강이 마르도록 떠나가지 말자고 굳게 언약했는데, 이렇듯 깊은 맹세가 농담인가 진정인가. 이제 와서 날 이리 박대하니 이것이 웬 말인가."

이 말을 들은 추월이 낯빛을 달리하며 말했다.

"내 말 좀 들어 보소. 청루 물정을 그리도 모르는지요. 장난부 이낭청도 동가식 서가숙하고, 노류장화는 인개가절이라 했거늘, 평양 기생 추월의 성품이 어떠한지 몰랐단 말입니까? 당신이 가져온 돈냥을 나 혼자 먹지는 않았소."

이같이 구박하여 등 밀치며 가라 하니, 춘풍이 분한 중에 탄식하며 기둥 옆에 비켜서서 이리저리 생각하니 한심하고 가련하기만 했다. 집으로 가자 하니 처자 보기도 부끄럽고, 또한 호조 돈 이천 냥을 내어다가 한 푼 없이 돌아가면 곤장을 맞고 죽을 것이니 서울로도 못 가겠고, 구걸 또한 못 하겠고, 불원천리 가는 것도 노자 한 푼 없으니 그도 차마 못 하겠다.

이를 장차 어찌하리. 이럴 줄을 몰랐던가. 후회막급 창연하다. 대동강 깊은 물에 풍덩 빠져 죽자 하니 그도 차마 못하겠고, 석 자 세 치 수건으로 목을 매어 죽자 하니 이도 차마 못 하겠다.

춘풍은 이리저리 생각하다가 추월 앞에 나가 앉아 간절히 빌었다.

"추월아 추월아. 내 말 잠깐 들어 봐라. 우리 조선이 인정이 많은 나라이거늘 어찌 그리 박절한가. 날 살리게 날 살려 주게. 내가 자네 집에 도로 있어 물이나 긷고 불 심부름이나 하면 어떠할꼬."

추월이 눈을 흘겨보면서 대꾸했다.

"여보소, 이 사람아. 자네가 전 행실을 못 고치고 '하게' 소리 하려면 내 집에 붙어 있을 생각 마소."

이렇듯 구박하니 춘풍의 입에서 '아가씨'란 말이 절로 나오고 존대가 절로 나왔다.

춘풍은 이날부터 추월의 집 심부름꾼이 되어 살았으니 죽느니만 못한 처지였다. 춘풍이 맨상투 차림에 누더기 옷으로 이리저리 다니는 모양은 종로의 상거지 같았다.

밥을 먹는 것도 이 빠진 헌 사발에 눌은밥과 된장이 제격이었다. 수저도 없이 뜰아래나 부엌에 서서 먹으니 스스로 생각해도 목이 메어 밥이 넘어가지 않았다.

한량들은 청산에 구름 모이듯 수륙재에 노승 되듯, 개성부에 장사 모이듯, 추월의 집으로 모여와서 온갖 희롱을 다 했다.

좋은 술, 별별 안주에 술상이 낭자하고 노랫가락 주고받으며 한창 노닐 적에, 춘풍이 뜰아래서 방 안을 엿보니 눈은 풍년이요, 입은 흉년이었다.

춘풍이 제 신세를 생각하고 노래를 지어 불렀다.

"세상사 가소롭다. 나도 서울 장부로 왈자 벗님 취담하여 청루 미색 가무 중에 수만금을 허비하고, 또 이 시골 내려와서 주인을 첩으로 삼아 이별 없이 살자 했으나, 이 지경이 되었으니 세상사 가소롭다."

이때는 엄동이라 일락서산하고 바람은 솔솔하고 월색은 조용한데, 춘풍의 노래는 애절했다.

"울고 가는 저 기러기야, 내 전정을 들어 보고 내 고향에 전하여라. 우리 처자 그리워라. 나를 그려 죽었는가 살았는가. 이리저리 생각하니 대장부 일촌간장 봄눈 슬듯 하는구나. 그런 정 저런 정 다 버리고 전에 하던 가사나 하여 보세."

그러고는 매화타령을 했다.

"매화야 옛 등걸에 봄철이 돌아온다. 필만도 하다마는 백설이 분분하니 필지 말지, 어화 세상사 가소롭다."

이때 추월의 방에서 놀던 한량들이 노래를 듣고 의심하니, 추월이 무색하여 변명을 했다.

"내 집의 심부름꾼인, 서울에서 온 이춘풍이란 놈이 하는 소리니 괘념치 마소서."

한량들이 이 말을 듣고 춘풍에게 말했다.

"서울 산다 하니 불쌍하다."

그러면서 술 한 잔을 가득 부어 주었다.

춘풍이 갈증이 나고 또 갈증이 나서 받아먹으니 가련하기 짝이 없었다.

*

한편, 춘풍의 아내는 가장을 이별한 후 이 생각 저 생각에 주야로 탄식만 했다.

"멀고 먼 길 큰 장사에 소망을 이루어 평안히 돌아오기만을 천만 축수 기다리오."

그런데 춘풍은 오지 않고 풍문으로 들려오는 말이, 서울 사는 이춘풍이 평양에 장사하러 갔다가 추월을 첩 삼아 흥청망청 노닐었는데, 얼마 안 가 수천금 재물을 다 없애고서 추월에게 구박받는 심부름꾼이 되었다는 것이었다.

춘풍의 아내는 이 말을 듣고 가슴을 치며 통곡했다.

"애고애고 이 말이 웬 말인고. 슬프다. 청루 미색에 한 번 망하기도 어렵거든 천 리 타향에 나랏돈을 빌려 가지고 가서 또 낭패를 했단 말인가. 애고 답답해라, 이제 누구를 바라고 산단 말인가. 전생에 무슨 죄를 지어 여자로 태어나서 서방 한 번 잘못 만나 평생을 고생하는구나. 내 팔자가 왜 이토록 되었는가. 이제 어찌하여 산단 말인가. 박복한 이 내 팔자 도망하기도 어려우니, 차라리 남산 끝에 가서 나무에 목을 매어 죽고 싶구나. 여자로 태어나서 이런 팔자 또 있을까. 염마국 십전대왕 아귀사자 빨리 보내어 내 목숨을 잡아가오."

한참을 통곡하다 이를 갈며 말했다.

"평양으로 추월의 집을 찾아가서 불문곡직하고 달려들어 그년의 머리채를 감아쥐고, 춘풍에게 달려들어 허리띠에 목을 매어 죽어야지."

악을 쓰며 울다가 다시 한 번 생각하니 그럴 수도 없는 노릇이었다.

"이리도 못 하겠으니, 어떻게 살아간단 말인가. 설사 가장을 서울로 데려다가 산다 해도 어찌해야 할지 모르겠네. 아무리 생각해도 뾰족한 수가 전혀 없다. 소년에 패가하여 일신을 돌아보지 아니하고, 주야로 품을 팔아 전곡 빚을 갚은 후에 의식 걱정 아니하고 우리 양주 백년해로나 하겠더니, 원수구나 원수야. 평양 장사 원수로구나."

이렇듯이 지내다가, 어느 날 춘풍의 아내가 한 가지 계교를 생각해 냈다.

뒷집이 참판댁이었는데, 노대감은 돌아가고 맏자제가 문장으로 소년 급제하여 갖은 벼슬을 다 지냈다. 그런데 머지않아 평양 감사로 나간단 것이었다.

그 댁이 빈한하여 국록을 타서 먹고 사는데, 그중에 대부인이 있단 말을 듣고 바느질거리를 얻으려고 그 댁에 들어갔다. 후원 별당 깊은 곳에서 참판의 대부인이 평상에 누웠는데, 형편이 어려운지라 식사도 부실하고 초췌했다.

춘풍 아내는 이 댁에 붙어서 가장을 살려 내고 추월에게 당한 부끄러움을 씻어 보리라 단단히 마음을 먹었다. 그 후 바느질을 하여 번 돈을 다 들여서 참판 댁 대부인의 조석 진지를 차려 가곤 했는데, 부인이 그때마다 고마워했다.

'이 깊은 은혜를 어찌할꼬.'

대부인이 주야로 근심하더니, 하루는 춘풍의 처에게 말했다.

"네가 형편도 어렵고 바느질로 살아간다는데, 날마다 상을 차려 오니 먹기는 좋다마는 도리어 마음이 편치 않다."

춘풍의 아내가 여쭈었다.

"제 집에 있는 음식을 혼자 먹기 어렵사와, 마님이 잡수실까 하와 드린 것이옵니다. 황송하여이다."

대부인이 이 말을 듣고 기특히 여겨, 못내 생각하시었다.

하루는 참판 영감이 대부인께 문안 인사를 드리며 여쭈었다.

"어머님, 화색이 가득하십니다. 요사이 무슨 좋은 일이 계시오니까?"

"앞집의 춘풍 처가 좋은 음식을 연일 차려 오니, 내 기운이 절로 나고, 그 정성에 감격했느니라."

참판이 이 말을 듣고, 춘풍의 처를 청하여 보고 치사를 했다. 그리고 대부인은 더욱 기특히 여기면서 사랑해 주었다.

날이 지나 드디어 참판 영감이 평양 감사로 가게 되었다. 집안 경사에 참판댁이 희희낙락하고 있을 때 춘풍의 처가 대부인께 공손히 아뢰었다.

"이번에 천은으로 평양 감사를 하셨으니 이런 경사가 또 없습니다."

대부인이 말했다.

"나도 평양에 가려 하니, 너도 함께 내려가서 춘풍도 찾아보고 구경이나 하는 것이 어떠하냐?"

춘풍의 처가 대답했다.

"저는 그만두고 저 오라비가 있사오니, 비장 한몫 주십시오."

대부인이 이 말을 듣고 흔쾌히 대답했다.

"네 청이야 아니 들어줄 수 있겠느냐."

그러고는 감사께 통기하니, 감사는 그 자리에서 허락했다.

"제가 비장할 양이면 바삐 거행하라."

춘풍의 처는 없는 오라비를 있다 하고, 본인이 직접 가려는 것이었다. 집으로 돌아와서 여자 의상 벗어 놓고 남자 의복을 갖춰 입었다. 외올망건·대모관자를 쓰고, 당줄 놀라 질끈 쓰고, 깨알 같은 제주 탕건, 계양태 제모립에 엿 돈 오 푼짜리 은 귀영자 산호격자를 두 귀 밑에 달아 놓고, 양색단 웃저고리 자개묘초 양등거리, 양피 두루마기 희천주 겹창의에 갑사쾌자 장패띠로 가슴 한복판을 눌러 띠고, 서피 돈피만 선두리 두 귀 담뿍 눌러쓰고, 대모장도 내외 고름 비껴 차고, 소상반죽 왜금선을 늘어지게 쥐고서 흐늘흐늘 걸어가니 의심할 바 없이 황홀한 남자처럼 보였다.

저녁때가 되어 대부인께 상을 올릴 적에 춘풍의 처가 엎드려 여쭈었다.

"춘풍의 처 문안드리나이다."

부인이 놀라서 말했다.

"춘풍의 처가 남복은 어인 일인고?"

춘풍의 처 비장이 여쭈었다.

"저의 지아비가 방탕하여 청루에 외입을 하고 다니며 두세 번을 망해 먹었습니다. 그러더니 호조 돈 이천 냥을 대동변으로 얻어 내어 평양에 장사를 하러 가서는, 추월을 첩으로 삼아 밤낮으로 즐기다가 이천오백 냥 돈을 추월에게 다 뺏기고 그 집 심부름꾼이 되었다 합니다. 제 마음이 절통하던 차에 천만다행 사또 덕택으로 비장이 되어 내려가니, 추월에게 설욕하고 호조 돈을 받아 내고 지아비 데려다가 백년동락하게 되면 마님 덕택이니 의심 마시옵소서."

대부인은 춘풍 처의 말을 듣고 나서 크게 웃으며 말했다.

"네 말이 그러하니 불쌍하고 가련하다. 소원대로 하여 주마."

이때 마침 감사가 안에 들어오다가 남복한 춘풍 처의 거동을 보고, 대로하여 호령했다.

"이놈이 어떤 놈이관대 임의로 대청에 출입하느냐. 저놈을 어서 결박하라."

천둥같이 분부하니, 대부인이 웃으면서 감사에게 춘풍의 처의 일을 자세히 일렀다.

말을 다 들은 감사가 크게 웃으며 춘풍 처를 당장에 불러들여

기특하다고 칭찬했다. 그러더니 좌우를 불러 입 밖에 내지 말라 단속하고, 삼일 잔치를 연 후에 현신하니, 감사 빼고는 모두가 초면이었다. 남복한 춘풍 처를 보고 여기저기서 수군거리며 칭찬했다.

"회계 비장 잘났네. 그런데 수염이 없으니 그것이 흠이다."

*

다음 날 떠날 적에 골고루 갖춘 행렬은 찬란하고 위엄도 엄숙하다. 빛 좋은 백마 등에 쌍교·독교·사인교며, 좌우청장 호강 있게 내려갈 제, 전배 비장·후배 비장·책방까지 치레하고, 호피 안장 높이 타고 부채를 든 이군전은 햇볕을 가렸는데 그 모습이 화려했다. 이방·호방·예방·수배·인배·통인·관노역마 부며 각 청 방자·군노·나장이 좌우에 늘어서서 홍제원을 바라보고, 구파발을 지나고 숫돌고개를 넘어서 파주읍에 숙소하고, 임진강에 다다라서 전후 창병 둘러보니 보던 바 제일의 풍경이었다.

임술지추 칠월기망에 소자첨 놀던 적벽강산 수한경을 여기저기 구경하고, 동파역을 지나 장단읍에서 점심을 먹고 취석교 건너가 소파에서 하루 묵고, 청석골 다다라서 좌우 산천 구경하니 벽제 소리 권마성에 산천이 다 울렸다. 금천읍에서 점심 먹고 도저울 지나 서서 웃고개 넘어서니 평산 땅이었다. 앞고개를 넘어서서 태백산성 바라보고 남창역에서 말을 먹여 총수관에 숙소하고, 홍주원을 지나서 병풍바위 말을 몰아 구월산에 다다르니 산세가 기묘했다. 봉산읍에서 점심 먹고 동선령을 넘어서서 정방산성 바라보니 좌우 산성의 경개가 좋았다.

진동에 말을 몰아 황주 병영과 중화읍에서 숙소하고 형제교에 다다르니, 영본부 관수들이 나와 현신하고 모시는데, 천총 파총이 장대하여 군문에 좌청룡 우백호로 늘어서서 동서남북 청홍흑백으로 어지러이 늘어섰고, 길 나장 군악대 새면 치는 소리가 산천을 진동하고 육각 풍류 취타 소리 더욱 좋았다. 아름다운 미색들은 녹의홍상으로 좌우에 늘어섰고, 전배 후배 비장들은 좋은 말에 높이 앉아 법도 있게 나아갔다. 장림을 지나 대동강변 다다르니 녹수청파 두 교산은 적병강 큰 싸움에 방사원의 연환계로 육지같이 모였는데, 대동문 들어갈 제 전후좌우 구경꾼이 성이 무너질 듯 가득했다. 최성루를 지나 객사에 현알하고, 문에 들어가서 선화당에 자리를 잡으니, 포를 세 발 쏜 후에 백여 명의 기생들이 낱낱이 인사를 했다.

사또가 분부했다.

"비장 책방 다 현신하라."

하루는 사또께서 회계 비장더러 농담으로 놀리는 것이었다.

"각처 비장 책방까지 수청을 두었는데, 자네는 어이하여 평양 같은 물색에 독수공방을 한다니 그 말이 참말인가?"

회계 비장이 여쭈었다.

"소인은 소첩으로 사오 년을 혼자 살아 색에 뜻이 없나이다."

회계 비장의 숨은 회포를 사또밖에 누가 알겠는가. 사또는 비장을 날로 믿어 일마다 맡기고 수삼 삭에 수만 냥을 상급으로 내렸다.

한편 회계 비장은 춘풍과 추월의 일을 염탐하여 자세히 듣고, 하루는 추월의 집을 찾아갔다. 사또께 귓속하고, 그년의 집 찾아가서 중문에 들어가니, 물통 진 춘풍 저놈 형용도 참혹하고 모양도 가련했다. 봉두난발 헙수룩한 놈 낯조차 못 씻던가, 추잡하기 그지없다.

회계 비장은 삼 년이나 아니 빤 옷 주루룩이 누덕여서 얽어 입고 앉은 것이 제 서방인 줄 알았지만, 춘풍이야 제 아내인 줄 어찌 알겠는가.

비장이 슬프고 분한 마음 서려 담고 추월의 방에 들어가니, 간사한 추월이 회계 비장을 흘리려고 교태를 부리며 수작을 해 오는 것이었다.

각별히 차담상을 만반진수로 차려 내오니, 비장이 약간 먹는 체하고 심부름하는 걸인에게 내주며 말했다.

"불쌍하다. 네가 본디 걸인이냐? 네 어찌 이 지경이 되었느냐?"

춘풍이 뜰에 엎드려 아뢰었다.

"소인도 서울 사람인데 이리 온 사정이야 어찌 다 여쭈오리까. 나으리, 잡수시던 것을 소인 같은 천한 몸에게 주시니 그 은혜 감사무지하여이다."

비장은 웃으면서 처소로 돌아왔다.

그러고는 수일 후에 사령을 불러 분부했다.

춘풍을 잡아들여 형틀에 올려 맨 다음 회계 비장이 물었다.

"이놈 네 들으라. 네가 이춘풍이냐?"

춘풍이 대답했다.

"과연 그러하오이다."

"호조 돈 수천 냥을 가지고 사오 년이 되도록 한 푼도 상납하지 않았으니, 너는 그 돈을 다 어찌했는가. 매우 쳐라."

사령 놈이 매를 들고 십여 차례 힘껏 치니 춘풍의 다리에 유혈이 낭자했다.

비장이 그 모습을 보고 차마 더 치진 못하고 말했다.

"춘풍아, 네 그 돈을 어디다 없앴느냐? 바로 아뢰라."

춘풍이 대답했다.

"호조 돈을 가지고 평양 와서 일 년을 추월과 놀고 나니 한 냥도 남지 않았고, 달리는 한 푼도 쓴 일이 없사옵니다."

비장이 이 말을 듣고 이를 갈며 사령에게 분부하여 추월을 잡아들였다.

추월을 형틀에 올려 맨 다음 소리쳤다.

"사정없이 매우 쳐라."

호령하여 십여 대를 호되게 치고 나서 신문했다.

"이년 바른대로 말하여라. 네 죄를 모르느냐?"

추월이 정신이 아득하여 겨우 여쭈었다.

"춘풍의 돈을 묻는 것은 소녀에게 부당하옵니다."

비장이 대로하여 말했다.

"네 어찌 모르느냐. 막중 호조 돈을 감영에서 물어 주랴, 본부에서 물어 주랴? 네가 먹었는데 무슨 잔말이 많으냐? 너를 쳐서 죽이리라."

곤장 오십 대를 중히 치면서 서리같이 호령하니, 추월이 기가 막혀 질겁하여 죽기를 면하려고 아뢰었다.

"나랏돈이 중하고 관령이 지엄하니, 분부대로 춘풍의 돈을 다 물어 바치리다."

비장이 명했다.

"호조에 공문을 띄워 너를 죽이라 했으되, 네가 먼저 죄를 알고 돈을 모두 바치겠다고 하여 너를 살리니, 호조 돈을 이자까지 하여 오천 냥을 지체 말고 바쳐라."

"십일 말미만 주시면 오천 냥을 바치리다."

추월이 다짐해 올리니, 비장은 춘풍과 추월을 형틀에서 내려놓고 춘풍에게 일렀다.

"십일 내에 오천 냥을 받아 가지고 서울로 올라가라. 내가 특별한 사정이 있어 먼저 올라가니 내 뒤를 따라 올라와 집으로 찾아오라."

춘풍이 황공해하며 아뢰었다.

"나으리 덕택으로 호조 돈을 다 받아 내게 되었으니 은혜 백골난망이로소이다. 서울 가서 댁에 먼저 문안하오리다."

그러자 비장이 사또께 아뢰었다.

"추월에게 설욕하고 춘풍도 찾고 호조 돈도 받아 내게 되었으니, 은혜 백골난망이로소이다. 소인 몸이 외람되이 존중한 처소에 오래 있기 죄송하와 먼저 떠날 줄로 아뢰나이다."

감사가 허락하니, 이튿날 감사께 하직하고 상급한 돈 오만 냥을 환전하여 부쳤다. 그리고 여러 날 만에 집으로 돌아와 돈을 찾은 후 남복을 벗어 놓고 춘풍이 오기를 기다렸다.

이때 사또는 평양에서 비장에게 분부하여 추월을 잡아들여 돈 오천 냥을 바치라고 명했다. 성화와 같은 재촉에 못 이겨 추월은 며칠 안으로 오천 냥을 갖다 바쳤다.

춘풍이 비장 덕에 돈을 받아 가지고 옷을 잘 갖춰 입은 다음 은안장 말을 타고 서울 제 집을 제 집을 찾아가니, 춘풍의 처가 문밖까지 마중 나와 춘풍의 소매를 잡고 깜짝 놀라는 척하며 말했다.

"어이 그리 더디 오셨습니까. 그래 장사는 잘 이루시었소?"

춘풍이 처를 보고 점잖게 말했다.

"그 새 잘 있던가?"

춘풍이 돈 오천 냥을 여기저기 벌려 놓고 마치 장사에서 남긴 듯이 의기양양했다.

춘풍 아내는 아무 말 없이 술상을 소담하게 차려 올렸다.

"자시오."

그러나 정성스런 상을 받은 춘풍은 교만한 태도로 제 아내를 꾸짖었다.

"안주도 좋지 않고 술맛도 없구나. 평양서는 좋은 안주로 매일 장취하여 입맛이 좋았으니, 평양으로 다시 가고 싶다. 아무래도 여기엔 못 있겠다."

그러더니 젓가락을 그릇에 던져 박고 고기도 씹어 뱉어 버리며 푸념을 하는 것이었다.

"평양 일색 추월과 좋은 술 좋은 안주에 호강으로 지냈는데, 집에 오니 온갖 것이 다 어설프다. 호조 돈이나 갚고 나면 평양으로 내려가서 첩과 살아야겠다."

그 거만한 짓은 차마 눈 뜨고는 못 볼 지경이었다.

그러자 춘풍 아내는 상을 물려 놓은 다음 밖으로 나갔다.

그러더니 다시 비장 복색을 한 다음 오동수복 화간죽을 한 발이나 빼쳐 물고 대문 안에 들어서서 기침하고 소리쳤다.

"춘풍아, 왔느냐?"

춘풍이 자세히 보니 평양서 돈 받아 주던 회계 비장이었다. 춘풍이 황겁하여 버선발로 뛰어 내려와 땅에 엎드리며 여쭈었다.

"날이 저물어 소인이 내일 댁으로 문안드리려고 했습니다. 그런데 이렇게 나으리께서 행차하시니 황공하옵니다."

비장이 대답했다.

"내 마침 이리 지나가다가 네가 왔단 말을 듣고는 잠깐 들렀노라."

비장이 방 안으로 들어가니, 춘풍이 아무리 제 방이라고는 하나 감히 들어가지 못하고 문밖에 서 있었다.

"춘풍아, 들어와서 말이나 하여라."

"나으리 좌정하신 데를 감히 들어가오리까?"

"잔말 말고 들어오라."

춘풍이 마지못해 들어가니, 비장이 말했다.

"그때 추월에게 돈을 제때 받았느냐?"

"나으리 덕택에 즉시 받았습니다. 못 받을 돈 오천 냥을 하루 아침에 다 받았사오니, 나으리의 덕이 태산 같습니다."

"그때 맞았던 매가 아프더냐?"

"소인에게 그런 매는 상이나 마찬가지인데, 어찌 아프다 하겠습니까?"

"네 집에 술이 있느냐?"

춘풍이 황겁히 일어서서 주안상을 들이려 하는데 비장이 꾸짖었다.

"네 계집은 어디 가고 네가 나서느냐? 네 계집을 빨리 불러 술상 준비를 못 시키겠느냐?"

춘풍이 황망하여 아무리 찾은들 제 처가 있을 리 없었다. 온 집안과 동네를 찾아도 없는지라 할 수 없이 손수 술상을 차려 내오니, 비장이 한두 잔 먹은 후에 취담으로 말했다.

"네 평양에서 추월의 집 심부름꾼을 할 때 모양도 참혹하고 걸인 중 상거지였느니라. 추월의 하인 되어 봉두난발에 헌 누더기 발싸개를 하고 다니던 기분이 어떻더냐?"

춘풍이 부끄러워 제 계집이 문밖에서 엿들을까 민망했지마는, 비장이 하는 말을 막을 도리가 없었다. 또 무슨 소리가 나올까 좌불안석하는 꼴은 혼자 보기 아까울 정도였다.

이때 비장이 말했다.

"남산 밑 박승지 댁에 갔다가 술이 대취하여 너의 집에 왔더니 시장도 하거니와, 해갈이나 하게 갈분이나 한 그릇 가져오너라."

춘풍이 황공해하며 밖으로 내달아서 아무리 제 계집을 찾았지만 있을 리 만무했다.

춘풍이 들어와 주저주저하니, 비장이 춘풍을 꾸짖었다.

"네 계집을 어디 숨기고 나를 아니 뵈는고?"

춘풍이 이 핑계 저 핑계를 대니 비장이 더욱 노했다.

"네 몹쓸 놈이로구나. 평양 일을 생각해 보라. 네가 집에 왔다고 그리 제 중한 체를 하느냐?"

춘풍이 허둥지둥 갈분을 가지고 부엌에 내려가 죽 쑤는 꼴은 우습기 짝이 없었다. 한참을 꿈적거려서 갈분죽을 쑤어 들이니, 비장이 조금 먹는 체하고 춘풍을 주며 말했다.

"먹어라. 추월의 집에서 깨어진 헌 사발에 눌은밥 된장덩이를 찌그러진 숟가락도 없이 먹던 생각을 하며 먹어라."

춘풍이 받아먹으며 아내가 밖에서 들을까 봐 전전긍긍했다.

비장이 말했다.

"밤이 깊었으니 네 집에서 자고 가야겠다."

비장이 의복과 갓 망건을 벗으니, 춘풍이 감히 가란 말을 못하고 구경만 할 뿐이었다.

한 해 남짓 못 본 아내와 해포를 풀며 잘까 했는데, 비장이 잔다 하니 속으로 민망할 따름이었다.

그런데 비장이 관망 탕건 벗어 놓고 웃옷을 훨훨 벗은 후 일어서니 완연한 계집이 아닌가. 춘풍이 깜짝 놀라 자세히 보니 분명한 제 아내였다.

춘풍이 어이가 없어 말도 못하고 있으니 춘풍의 처가 달려들며 말했다.

"여보, 아직도 나를 모르겠소?"

춘풍이 그제야 깨닫고는 두 손을 마주 잡았다.

"이것이 웬일인가? 평양 회계 비장이 내 아내가 될 줄은 꿈에도 생각 못 했소. 이것이 생신가 꿈인가. 설마 귀신이 내 눈을 홀린 것은 아니겠지?"

그러고서 원앙 금침에 옛정을 다시 되살리니, 그 은근함이 비할 데 없었다.

춘풍이 말했다.

"어떻게 평양 비장으로 내려왔으며, 또 내가 아무리 잘못했기로 가장을 형틀에 올려 매고 볼기를 치다니……. 그때 자네 마음이 상쾌하던가?"

춘풍의 처가 대답했다.

"그때 자청하여 돈 한 푼 곡식 한 말 손도 대지 않겠다며 수기를 써서 맹세하지 않았소. 그런데 무슨 미친 마음으로 호조 돈 수천 냥을 빌려 가지고 평양 장사를 간다 하니 기가 막힙니다. 가지 말라고 말리니 이리 치고 저리 치고, 가산을 몽땅 가져가 거지 신세가 되었지요. 그 후 저는 꾀를 내 참판댁 대부인께 바느질품을 판 돈으로 음식상을 자주 올려 정성으로 모시었소. 대부인이 감복하여 저를 끔찍이 사랑하시었소. 그 아드님이 평양 감사로 갈 때 비장으로 데려가 달라 하니 흔쾌히 허락하셨지요. 비장으로 내려갈 제는 임자를 보게 되면 반만 죽이려 했는데, 막상 만나 보니 불쌍해서 차마 더 치지 못하고 용서하고 말았소. 사오 년 줄곧 고생하던 생각을 하면 그때 당신이 맞던 매가 깨소금 같으오."

내외가 서로 웃으며 그간 일을 서로 다 풀어 버렸다.

호조 돈을 모두 갚은 춘풍은 개과천선하여서 주색잡기를 전폐하고, 집안 살림을 잘 다스려 형편도 부유해지고 아들딸도 낳았다.

평양 감사가 임기가 다 되어 돌아오니, 춘풍의 처는 평생 신의를 끊지 않고 섬기어 모셨다.

이에 사람들은 춘풍의 아내를 가리켜 여중호걸(女中豪傑)이라 칭찬했다.

변강쇠전

중년(中年)에 비상한 일이 있던 것이었다. 평안도 월경촌에 계집 하나 있으되, 얼굴로 볼작시면 춘이월 반개도화(半開桃花) 옥빈에 어리었고, 초승에 지는 달빛 아미간(蛾眉間)에 비쳤다. 앵도순(櫻桃脣) 고운 입은 빛난 당채(唐彩) 주홍필(朱紅筆)로 떡 들입다 꾹 찍은 듯, 세류(細柳)같이 가는 허리 봄바람에 흐늘흐늘, 찡그리며 웃는 것과 말하며 걷는 태도는 서시와 포사라도 따를 수가 없건마는, 사주에 청상살(靑孀煞)이 겹겹이 쌓인 고로 상부를 하여도 징글징글하고 지긋지긋하게 단 콩 주워 먹듯 하것다.

열다섯에 얻은 서방 첫날 밤 잠자리에 급상한(急傷寒)에 죽고, 열여섯에 얻은 서방 당창병(唐瘡病)에 튀고, 열일곱에 얻은 서방 용천병에 펴고, 열여덟에 얻은 서방 벼락 맞아 식고, 열아홉에 얻은 서방 천하에 대적(大賊)으로 포청(捕廳)에 떨어지고, 스무 살에 얻은 서방 비상 먹고 돌아가니, 서방에 퇴가 나고 송장 치기 신물 난다.

이삼 년씩 걸러 가며 상부를 할지라도 소문이 흉악해서 한 해에 하나씩 전례(前例)로 처치(處置)하되, 이것은 남이 아는 기둥서방, 그 남은 간부(間夫), 애부(愛夫), 거드모리, 새호루기, 입 한 번 맞춘 놈, 젖 한 번 쥔 놈, 눈 흘레한 놈, 손 만져 본 놈, 심지어 치마귀에 상척자락 얼른 한 놈까지 대고 결딴을 내는데, 한 달에 뭇을 넘겨, 일 년에 동반 한 동 일곱 뭇, 윤달 든 해면 두 동 뭇수 대고 설거질 때, 어떻게 쓸었던지 삼십 리 안팎에 상투 올린 사나이는 고사하고 열다섯 넘은 총각도 없어 계집이 밭을 갈고 처녀가 집을 이니 황 평 양도(兩道) 공론하되,

"이년을 두었다가는 우리 두 도내에 좆 단 놈 다시없고, 여인국(女人國)이 될 터이니 쫓을 밖에 수가 없다."

양도가 합세하여 훼가(毀家)하여 쫓아내니, 이년이 하릴없어 쫓기어 나올 적에, 파랑 봇짐 옆에 끼고, 동백기름 많이 발라 낭자를 곱게 하고, 산호 비녀 찔렀으며, 출유(出遊) 장옷 엇매고, 행똥행똥 나오면서 혼자 악을 쓰는구나.

"어허, 인심 흉악하다. 황평양서(兩西) 아니면 살 데가 없겠느냐. 삼남(三南) 좋은 더 좋다더고."

노정기(路程記)로 나올 적에 중화 지나 황주 지나 동선령 얼핏 넘어 봉산, 서흥, 평산 지나서 금천 떡전거리, 닭의 우물, 청석관에 당도하니, 이때에 변강쇠라 하는 놈이 천하의 잡놈으로 삼남에서 빌어먹다 양서로 가는 길에 연놈이 오다가다 청석골 좁은 길에서 둘이 서로 만나거든, 간악한 계집년이 힐끗 보고 지나가니 의뭉한 강쇠 놈이 다정히 말을 묻기를,

"여보시오, 저 마누라 어디로 가시는 거요?"

숫처녀 같으면 핀잔을 하든지 못 들은 체 가련마는, 이 자지 간나희가 홀림목을 곱게 써서,

"삼남으로 가오."

강쇠가 연거푸 물어,

"혼자 가시오?"

"혼자 가오."

"고운 얼굴 젊은 나이인데 혼자 가기 무섭겠소."

"내 팔자 무상하여 상부하고 자식 없어, 나와 함께 갈 사람은 그림자뿐이라오."

"어허, 불쌍하오. 당신은 과부요, 나는 홀애비니 둘이 살면 어떻겠소."

"내가 상부 지질하여 다시 낭군 얻자 하면 궁합을 먼저 볼 것이오."

"불취동성(不取同姓)이라 하니, 마누라 성씨가 누구시오?"

"옹 가요."

"예, 나는 변 서방인데 궁합을 잘 보기로 삼남에 유명하니, 마누라 무슨 생이요?"

"갑자생(甲子生)이오."

"예, 나는 임술생(壬戌生)이오. 천간으로 보자면 갑은 양목(陽木)이요, 임은 양수(陽水)이니, 수생목이 좋고, 납음(納音)으로 의논하면 임술계해 대해수(壬戌癸亥 大海水) 갑자을축 해중금(甲子乙丑 海中金) 금생수(金生水)가 더 좋으니 아주 천생배필(天生配匹)이오. 오늘이 마침 기유일(己酉日)이고 음양부장(陰陽不將) 짝 배자(配字)니 당일 행례(行禮)합시다."

계집이 허락한 후에 청석관을 처가로 알고, 둘이 손길 마주 잡고 바위 위에 올라가서 대사를 지내는데, 신랑 신부 두 연놈이 이력이 찬 것이라 이런 야단 없겠구나.

멀끔한 대낮에 연놈이 홀딱 벗고 매사니 뽄 장난할 때, 천생음골(天生陰骨) 강쇠 놈이 여인의 양각 번쩍 들고 옥문관(玉門關)을 굽어보며,

"이상히도 생겼구나. 맹랑히도 생겼구나. 늙은 중의 입일는

지 털은 돋고 이는 없다. 소나기를 맞았던지 언덕 깊게 패였다. 콩밭, 팥밭 지났는지 돔부꽃이 비치었다. 도끼날을 맞았던지 금 바르게 터져 있다. 생수처(生水處) 옥답(沃畓)인지 물이 항상 고여 있다. 무슨 말을 하려는지 옴질옴질 하고 있노. 천리행룡(千里行龍) 내려오다 주먹 바위 신통하다. 만경창파(萬頃蒼波) 조개 인지 혀를 삐쭘 빼었으며 임실 곶감 먹었는지 곶감 씨가 장물이 요, 만첩산중(萬疊山中) 으름인지 제가 절로 벌어졌다. 연계탕 (軟鷄湯)을 먹었는지 닭의 벼슬 비치었다. 파명당(破明堂)을 하 였는지 더운 김이 그저 난다. 제 무엇이 즐거워서 반쯤 웃어 두 었구나. 곶감 있고, 으름 있고, 조개 있고, 연계 있고, 제사상은 걱정 없다."

저 여인 살짝 웃으며 갚음을 하느라고 강쇠 기물 가리키며,

"이상히도 생겼네. 맹랑하게 생겼네. 전배사령(前陪使令) 서 려는지 쌍걸낭을 느직하게 달고, 오군문(五軍門) 군뢰(軍牢)던 가 복덕을 붉게 쓰고 냇물가에 물방안지 떨구덩떨구덩 끄덕인 다. 송아지 말뚝인지 털 고삐를 둘렀구나. 감기를 얻었던지 맑 은 코는 무슨 일인고. 성정도 혹독하다, 화 곧 나면 눈물난다. 어 린아이 병일는지 젖은 어찌 게웠으며, 제사에 쓴 숭어인지 꼬 챙이 구멍이 그저 있다. 뒷절 큰방 노승인지 민대가리 둥글린 다. 소년인사 다 배웠다, 꼬박꼬박 절을 하네. 고추 찧던 절구대

인지 검붉기는 무슨 일인고. 칠팔월 알밤인지 두 쪽이 한데 붙어 있다. 물방아, 절굿대며 쇠고삐, 걸낭 등물 세간살이 걱정 없네."

강쇠 놈이 대소하여,

"둘이 다 비겼으니 이번은 등에 업고 사랑가로 놀아 보세."

저 여인 대답하기를,

"천선호지(天先乎地)라니 낭군 먼저 업으시오."

강쇠가 여인 업고, 가끔가끔 돌아보며 사랑가로 어른다.

"사랑 사랑 사랑이여, 유왕 나니 포사 나고, 걸이 나니 말희 나고, 주가 나니 달기 나고, 오왕 부차 나니 월 서시 나고, 명황 나니 귀비 나고, 여포 나니 초선 나고, 호색남자 내가 나니 절대가인 네가 났구나. 네 무엇을 가지려느냐. 조거전후 십이승 야광주(早居前後 十二乘 夜光珠)를 가져 볼까. 십오성(十五城) 바꾸려던 화씨벽(和氏璧)을 가져 볼까. 천지신지 아지자지(天知神知我知子知) 순금덩이 가져 볼까. 부도재산, 득은옹은 항아리 가져 볼까. 배금문 입자달의 상평통보 가져 볼까. 밀화불수, 산호비녀, 금가락지 가져 볼까. 네 무엇을 먹고 싶어 둥글둥글 수박덩이 웃봉지만 떼 버리고 강릉 백청 따르르 부어 숟가락으로 휘휘 둘러 씨는 똑 따 발라 버리고, 붉은 자위만 덤뻑 떠서 아나 조금 먹으려나. 시금털털 개살구, 애 서는 데 먹으려나. 쪽 빨고 탁 뱉으면 껍질 꼭지 건너편 바람벽에 축척축 부딪치는 반수시 먹으려나. 어주축수애산춘(漁舟逐水愛山春) 무릉도화 복숭아 주랴. 이월 중순 이 진과 외가지 당참외 먹으려나."

한참을 어르더니 여인을 썩 내려놓으며 강쇠가 문자하여,

"여필종부라고 하니 자네도 날 좀 업소."

여인이 강쇠를 업고, 실금실금 까불면서 사랑가를 하는구나.

"사랑 사랑 사랑이야. 태산같이 높은 사랑. 해하같이 깊은 사랑. 남창 북창 노적같이 다물다물 쌓인 사랑. 은하직녀 직금같이 올올이 맺힌 사랑. 모란화 송이같이 펑퍼져 버린 사랑. 세곡선(稅穀船) 닻줄같이 타래타래 꼬인 사랑.

내가 만일 없었으면 풍류남자 우리 낭군 황 없는 봉이 되고, 임을 만일 못 봤으면 군자호구 이내 신세 원 잃은 앙이로다. 기러기가 물을 보고, 꽃이 나비 만났으니 웅비종자요림간(雄飛從雌繞林間) 좋을시고 좋을시고. 동방화촉 무엇하게, 백일향락 더욱 좋다. 황금옥 내사 싫으이. 청석관이 신방이네."

연놈 장난 이러할 때, 재미있는 그 노릇이 한두 번만 될 수 있나. 재행(再行)턱 삼행(三行)턱을 당일에 다 한 후에 살림살이 살 걱정 둘이 앉아 의논한다.

"우리 내외 오입쟁이 벽항궁촌 살 수 없어 도방 살림이나 하여 보세."

"내 소견도 그러하오."

연놈이 손목 잡고, 도방 각처 다닐 적에 일 원산(元山), 이 강경(江景)이, 삼 포주(浦州), 사 법성(法聖)이 곳곳이 찾아다녀, 계집년은 애를 써서 들병장사 막장사며, 낮부림, 넉장질에 돈냥 돈관 모아 놓으면, 강쇠 놈이 허망하여 댓 냥 내기 방 때리기, 두 냥 패에 가보하기, 갑자꼬리 여수(與受)하기, 미골(尾骨) 회패 퇴기질, 호홍호백(呼紅呼白) 쌍륙 치기, 장군 멍군 장기 두기, 맞혀 먹기 돈치기와 불러 먹기 주먹질, 걸개 두기 윷놀기와, 한 집 두 집 고누 두기, 의복 전당(典當) 술 먹기와 남의 싸움 가로막기, 그중에 무슨 비위 강새암, 계집 치기, 밤낮으로 싸움이니 암만해도 살 수 없다.

하루는 저 여인이 강쇠를 달래며,

"집의 성기 가지고서 도방 살림 하다가는 돈을 모으기 고사하고 남의 손에 죽을 테니, 심산궁곡 찾아가서 사람 하나 없는 곳에 산전이나 파서 먹고, 시초(柴草)나 베어 때면 노름도 못 할 테요, 강짜도 안 할 테니 산중으로 들어갑세."

강쇠가 대답하되,

"그 말이 장히 좋으이. 십 년을 곧 굶어도 남의 계집 바라보며, 눈웃음 하는 놈만 다시 아니 보면 내일 죽어 한이 없네."

산중을 의논한다.

"동 금강 석산이라, 나무 없어 살 수 없고, 북 향산 찬 곳이라, 눈 쌓이어 살 수 없고, 서 구월 좋다 하나 적굴이라 살 수 있나. 남 지리 토후하여 생리가 좋다 하니 그리로 찾아가세."

여간(餘干) 가산(家産) 짊어지고 지리산중 찾아가니 첩첩한 깊은 골에 빈집이 한 채 서 있으되, 임진왜란 팔년간과(八年干戈) 어떤 부자 피란하자 이 집을 지었던지 오간팔작(五間八作) 기와집이 다시 사람 산 일 없고, 흉가로 비어 있어서 누백 년 도깨비 동청이요, 뭇 귀신의 사랑이라. 거친 뜰에 있는 것이 삵과 여우 발자취요, 깊은 뒤껼 우는 소리 부엉이, 올빼미라.

강쇠 놈이 집을 보고 대희(大喜)하여 하는 말이,

"순사또는 간 데마다 선화당(宣化堂)이라 하더니 내 팔자도 방사(倣似)하다. 적막한 이 산중에 나 올 줄을 뉘가 알고, 이리 좋은 기와집을 지어 놓고 기다렸노."

부엌에 토정(土鼎) 걸고, 방 쓸어 공석(空石) 펴고, 낙엽을 긁어다가 저녁밥 지어 먹고, 터 누르기 삼삼구(三三九)를 밤새도록 한 연후에 강쇠의 평생 행세(行勢) 일하여 본 놈이냐. 낮이면 잠만 자고, 밤이면 배만 타니, 여인이 할 수 없어 애긍히 정설(情說)한다.

"여보 낭군 들으시오. 천생만민필수지직(天生萬民必授之職) 사람마다 직업 있어 앙사부모하육처자(仰事父母下育妻子) 넉넉히 한다는데, 낭군 신세 생각하니 어려서 못 배운 글을 지금 공부할 수 없고, 손재주 없으시니 장인질 할 수 없고, 밑천 한 푼 없으시니 상고질 할 수 있나. 그중에 할 노릇이 상일밖에 없으시니 이 산중 살자 하면 산전을 많이 파서 두태, 서속, 담배 갈고, 갈퀴나무, 비나무며 물거리, 장작 패기 나무를 많이 하여 집에도 때려니와, 지고 가 팔아 쓰면 부모 없고 자식 없는 단 부처 우리 둘이 생계가 넉넉할 새, 건장한 저 신체에 밤낮으로 하는 것이 잠자기와 그 노릇뿐. 굶어 죽기 고사하고 우선 얼어 죽을 테니 오늘부터 지게 지고 나무나 하여옵소."

강쇠가 픽 웃어,

"어허 허망하다. 호달마(胡達馬)가 요절하면 왕십리 거름 싣고, 기생이 그릇되면 길가의 탁주 장사, 남의 말로 들었더니 나 같은 오입쟁이 나무 지게 지단 말인가. 불가사문어타인(不可使聞於他人)이나 자네 말이 그러하니 갈 밖에 수가 있나."

강쇠가 나무하러 나가는 데 복건 쓰고, 도포 입었단 말은 거짓말. 제 집에 근본 없고 동내에 빌 데 있나. 포구 근방 시평(市坪)판에 한참 덤벙이던 복색으로 모자 받은 통영 갓에 망건은 숫구었고, 한산반저(韓山半苧) 소창의며, 곤때 묻은 삼승(三升) 버선 남(藍) 한 포단 대님 매고, 용 감기 새 미투리 맵시 있게 들멘 후에, 낫과 도끼 들게 갈아, 점심 구럭 함께 묶어 지게 위에 모두 얹어 한 어깨에 둘러메고, 긴 담뱃대 붙여 물고 나무꾼 모인 곳을 완보(緩步) 행가(行歌) 찾아갈 때, 그래도 화방(花房) 퇴물이라 씀씀이 목구성이 초군(樵軍)보다 조금 달라,

"태고라 천황씨가 목덕(木德)으로 즉위하니 오행 중에 먼저 난 게 나무 덕이 으뜸이라. 천·지·인 삼황 시절 각 일만 팔천 세를 무위이화(無爲而化) 지내시니, 그때에 나 낳았으면 오죽이나 편켔는가. 유왈유소(有曰有巢) 성인 인군 덕화(德化)도 장할시고. 구목위소(構木爲巢) 식목실(食木實)이 그 아니 좋겠는가.

수인씨 무슨 일로 시찬수교인화식(始鑽燧敎人火食) 일이 점점 생겼구나.

일출이작(日出而作) 요순 백성 어찌 편타 할 수 있나. 하·은·주 석양 되고, 한·당·송 풍우 일어 갈수록 일이 생겨 불쌍한 게 백성이라.

일 년 사절 놀 때 없이 손톱 발톱 잦아지게 밤낮으로 벌어도 불승기한(不勝飢寒) 불쌍하다.

내 평생 먹은 마음 남보다는 다르구나. 좋은 의복, 갖은 패물, 호사를 질끈 하고 예쁜 계집, 좋은 주효, 잡기로 벗을 삼아 세월 가는 줄 모르고 살쟀더니, 층암절벽 저 높은 데 다리 아파 어찌 가서, 억새풀, 가시덩굴 손이 아파 어찌 베며, 너무 묶어 온 짐 되면 어깨 아파 어찌 지고, 산고곡심무인처에 심심하여 어찌 올

꼬."

신세 자탄 노래하며 정처 없이 가노라니. 이때에 등구마천 백모촌에 여러 초군아이들이 나무하러 몰려와서 지게 목발 두드리며 방아타령, 산타령에 농부가, 목동가로 장난을 하는구나.

한 놈은 방아타령을 하는데,

"뫼에 올라 산전 방아, 들에 내려 물방아, 여주 이천 밀다리 방아, 진천 통천 오려 방아, 남창 북창 화약 방아, 각댁 하님 용정 방아. 이 방아, 저 방아 다 버리고 칠야삼경 깊은 밤에 우리 님은 가죽 방아만 찧는다. 오다 오다 방아 찧는 동무들아, 방아 처음 내던 사람 알고 찧나 모르고 찧나. 경신년 경신월 경신일 경신시 강태공의 조작(造作) 방아 사시장춘 걸어 두고 떨구덩 찧어라, 전세대동(田稅大同)이 다 늦어 간다."

한 놈은 산타령을 하는데,

"동 개골 서 구월, 남 지리, 북 향산, 육로 천 리 수로 천 리 이천 리 들어가니 탐라국이 생기려고 한라산이 둘러 있다. 정읍 내장, 장성 입암, 고창 반등, 고부 두승, 서해 수구 막으려고 부안, 변산 둘러 있다."

한 놈은 농부가를 하는데,

"선리건곤(仙李乾坤) 태평 시절 도덕 높은 우리 성상 강구미복(康衢微服) 동요 듣던 요 임금의 버금이라. 네 다리 빼어라 내

다리 박자. 좌수춘광(左手春光)을 우수이(右手移). 여보소, 동무들아, 앞 남산에 소나기 졌다. 삿갓 쓰고 도롱이 입자."

한 놈은 목동가를 부르는데,

"갈퀴 메고 낫 갈아 가지고서 지리산으로 나무하러 가자. 얼럴. 쌓인 낙엽 부러진 장목 긁고 주워 엄뚱여 지고 석양산로 내려올 제, 손님 보고 절을 하니 품 안에 있는 산과 땍때굴 다 떨어진다. 얼럴. 비 맞고 갈한 손님 술집이 어디 있노. 저 건너 행화촌 손을 들어 가리키자. 얼럴. 뿔 굽은 소를 타고 단적(短笛)을 불고 가니 유황숙이 보았으면 나를 오죽 부러워하리. 얼럴."

강쇠가 다 들은 후, 제 신세를 제 보아도 어린 것들 한가지로 갈키나무 할 수 있나.

도끼 빼어 들어 메고 이 봉 저 봉 다니면서 그중 큰 나무는 한두 번씩 찍은 후에 나무 내력 말을 하며, 제가 저를 꾸짖는다.

"오동나무 베자 하니 순 임금의 오현금(五弦琴). 살구나무 베자 하니 공자의 강단(講壇). 소나무 좋다마는 진시황의 오대부(五大夫). 잣나무 좋다마는 한 고조 덮은 그늘, 어주축수애산춘(漁舟逐水愛山春) 홍도나무 사랑옵고. 위성조우읍경진(渭城朝雨邑輕塵) 버드나무 좋을시고. 밤나무 신주(神主)감, 전나무 돛대 재목. 가시목 단단하니 각 영문 곤장감. 참나무 꼿꼿하나 배 짓는 데 못감. 중나무, 오시목(烏枾木)과 산유자, 용목, 검팽은 목

물방(木物房)에 긴한 문목(紋木)이니 화목(火木)되기 아깝도다."

이리저리 생각하니 벨 나무 전혀 없다. 산중의 동천맥 우물가 좋은 곳에 점심 구럭 풀어 놓고 단단히 먹은 후에 부쇠를 얼른 쳐서 담배 피어 입에 물고, 솔 그늘 잔디밭에 돌을 베고 누우면서 당음(唐音) 한 귀 읊어 보아,

"우래송수하(偶來松樹下)에 고침석두면(高枕石頭眠)이 나로 두고 한 말이라, 잠자리 장히 좋다."

하고 말하며, 고는 코가 산중이 들썩들썩, 한 소금 질근 자다 낯바닥이 선뜻선뜻 비슥이 눈 떠 보니 하늘에 별이 총총, 이슬이 젖는구나.

게을리 일어나서 기지개 불끈 켜고 뒤꼭지 두드리며 혼잣말로 두런거려,

"요새 해가 그리 짧아 빈 지게 지고 가면 계집년이 방정 떨새."

사면을 둘러보니 둥구마천 가는 길에 어떠한 장승 하나 산중에 서 있거늘 강쇠가 반겨하여,

"벌목정정(伐木丁丁) 애 안 쓰고 좋은 나무 저기 있다. 일모도궁(日暮途窮) 이내 신세 불로이득(不勞而得) 좋을시고."

지게를 찾아 지고 장승 선 데 급히 가니 장승이 화를 내어 낯에 핏기 올리고서 눈을 딱 부릅뜨니 강쇠가 호령하여,

"너 이놈, 누구 앞에다 색기하여 눈망울 부릅뜨니. 삼남(三南) 설축 변강쇠를 이름도 못 들었느냐. 과거, 마전, 파시평과 사당 노름, 씨름판에 이내 솜씨 사람 칠 제 선취 복장 후취 덜미, 가래 딴죽, 열두 권법. 범강, 장달, 허저라도 모두 다 둑 안에 떨어지니 수족 없는 너만 놈이 생심이나 방울쏘냐."

달려들어 불끈 안고 엇둘음 쑥 빼내어 지게 위에 짊어지고 유대군(留待軍) 소리 하며 제 집으로 돌아와서 문 안에 들어서며, 호기를 장히 핀다.

"집안사람 거기 있나. 장작 나무 하여 왔네."

뜰 가운데 턱 부리고, 방문 열고 들어가니 강쇠 계집 반겨라고 급히 나서 손목 잡고 어깨를 주무르며,

"어찌 그리 저물었나. 평생 처음 나무 가서 오죽 애를 썼겠는가. 시장한데 밥 자십쇼."

방 안에 불 켜 놓고, 밥상 차려 드린 후에 장작 나무 구경 차로 불 켜 들고 나와 보니, 어떠한 큰 사람이 뜰 가운데 누웠으되 조관(朝官)을 지냈는지 사모 품대 갖추고 방울눈 주먹코에 채수염이 점잖다. 여인이 깜짝 놀라 뒤로 팍 주저앉으며,

"애겨, 이것 웬일인가. 나무하러 간다더니 장승 빼어 왔네그려. 나무가 암만 귀하다 하되 장승 패서 땐단 말은 언문책(諺文册) 잔주에도 들도 보도 못한 말. 만일 패서 땐다면 목신 동증 조

왕 동증, 목숨 보전 못 할 테니 어서 급히 지고 가서 선 자리에 도로 세우고 왼발 굴러 진언(眞言) 치고 다른 길로 돌아옵소."

강쇠가 호령하여,

"가사(家事)는 임장(任長)이라. 가장이 하는 일을 보기만 할 것이지, 계집이 요망하여 그것이 웬 소린고. 진 충신 개자추는 면산에 타서 죽고, 한 장군 기신(紀信)이는 형양(滎陽)에 타서 죽어, 참사람이 타 죽어도 아무 탈이 없었는데, 나무로 깎은 장승 인형을 가졌던들 패서 때어 관계한가. 인불언귀부지(人不言鬼不知)니 요망한 말 다시 말라."

밥상을 물린 후에 도끼 들고 달려들어 장승을 쾅쾅 패어 군불을 많이 넣고, 유정 부부 훨썩 벗고 사랑가로 농탕치며, 개폐문 전례판을 맛있게 하였구나.

이때에 장승 목신 무죄히 강쇠 만나 도끼 아래 조각나고 부엌 속에 잔재 되니 오죽이 원통켔나.

의지할 곳이 없어 중천에 떠서 울며, 나 혼자 다녀서는 이놈 원수 못 갚겠다. 대방 전에 찾아가서 억울함 원정하오리라.

경기(京畿) 노강(鷺江) 선창(船艙) 목에 대방 장승 찾아가서 문안을 한 연후에 원정을 아뢰기를,

"소장(小將)은 경상도 함양군에 산로 지킨 장승으로 신지(神祇) 처리한 일 없고, 평민 침학(侵虐)한 일 없어, 불피풍우(不避

風雨)하고, 각수본직(各守本職)하옵더니 변강쇠라 하는 놈이 일국의 난봉으로 산중에 주접하여, 무죄한 소장에게 공연히 달려 들어 무수(無數) 후욕한 연후에 빼어 지고 제 집 가니, 제 계집이 깜짝 놀라 도로 갖다 세워라 하되, 이놈이 아니 듣고 도끼로 쾅쾅 패서 제 부엌에 화장하니, 이놈 그저 두어서는 삼동에 장작감 근처의 동관(同官) 다 패 때고, 순망치한(脣亡齒寒) 남은 화가 안 미칠 데 없을 테니 십분 통촉하옵소서. 소장의 설원하고 후환 막게 하옵소서."

대방이 대경하여,

"이 변이 큰 변이라. 경홀(輕忽) 작처(酌處) 못 할 테니 사근내(沙斤乃) 공원님과 지지대(遲遲臺) 유사님께 내 전갈 여쭙기를 '요새 적조하였으니 문안일향하옵신지. 경상도 함양 동관 발괄(白活) 원정을 듣사온즉 천만고 없던 변이 오늘날 생겼으니, 수고타 마옵시고 잠깐 왕림하옵셔서 동의작처(同意酌處)하옵시다.' 전갈하고 모셔 오라."

장승 혼령 급히 가서 두 군데 전갈하니, 공원 유사 급히 와서 의례 인사한 연후에 함양 장승 발괄 내력 대방이 발론하니 공원 유사 여쭙되,

"우리 장승 생긴 후로 처음 난 변괴이오니 삼소임(三所任)만 모여 앉아 종용작처(從容酌處) 못 할지라, 팔도 동관 다 청하여

107

공론 처치하옵시다."

　대방이 좋다 하고 입으로 붓을 물고, 통문(通文) 넉 장 썩 써 내니 통문에 하였으되,

　"우통유사(右通喻事)는 토끼가 죽으면 여우가 슬퍼하고, 지초(芝草)에 불이 타면 난초가 탄식하기는 유유상종 환란상구(患難相救) 떳떳한 이치로다. 지리산중 변강쇠가 함양 동관 빼어다가 작파 화장하였으니 만과유경 이놈 죄상 경홀 작처할 수 없어 각도 동관전에 일체로 발통하니 금월 초 삼경야에 노강 선창으로 일제취회(一齊聚會)하여 함양 동관 조상하고, 변강쇠 놈 죽일 꾀를 각출의견(各出意見)하옵소서."

　밑에 대방 공원 유사 벌여 쓰고, 착명(著名)하고, 차여(次餘)에 영문(營門), 각읍(各邑), 진장(鎭將), 목장(牧將), 각면(各面), 각촌(各村), 점막(店幕), 사찰차(寺刹次), 차비전(差備前), 차의(差議)라.

　"통문 한 장은 진관천 공원이 맡아 경기 삼십사관, 충청도 오십사관, 차차 전케 하고, 한 장은 고양 홍제원 동관이 맡아 황해도 이십삼관, 평안도 삼십이관 차차 전케 하고, 한 장은 양주 다락원 동관이 맡아 강원도 이십육관, 함경도 이십사관 차차 전케 하고, 한 장은 지지대 공원이 맡아 전라도 오십육관, 경상도 칠십일관 차차로 전케 하라."

귀신의 조화인데 오죽이 빠르겠나. 바람 같고 구름같이 경각에 다 전하니, 조선 지방에 있는 장승 하나도 낙루 없이 기약한 밤 다 모여서 새남터에 배게 서서 시흥 읍내까지 빽빽하구나. 장승의 절하는 법이 고개만 숙일 수 없고, 허리 굽힐 수도 없고, 사람으로 의논하면 발 앞부리를 디디고 뒤쪽만 달싹 하는 뿐이었다.

일제히 절을 하고, 문안을 한 연후에 대방이 발론하여,

"통문사의 보았으면 모은 뜻을 알 테니 변강쇠 지은 죄를 어떻게 다스릴꼬."

단천(端川) 마천령(摩天嶺) 상봉(上峰)에 섰는 장승 출반하여 여쭙기를,

"그놈 식구대로 새남터로 잡아다가 효수를 하옵시다."

대방이 대답하되,

"귀신의 성기라도 토풍을 따라가니 마천 동관 하는 말씀 상쾌는 하거니와, 사단 하나 있는 것이 놈의 식구란 게 계집 하나뿐이로되, 계집은 말렸으니 죄를 아니 줄 테요, 강쇠라 하는 놈도 부지불각(不知不覺) 효수하면 세상이 알 수 없어 징일여백(懲一勵百) 못 될 테니 여러 동관님네 다시 생각하옵소서."

압록강 가에 섰는 장승 나서며 여쭙되,

"출호이자 반호이(出乎爾者 反乎爾)가 성인의 말씀이니 우리

의 식구대로 그놈 집을 에워싸고 불을 버썩 지른 후에 못 나오게 하였으면 그놈도 동관같이 화장이 되오리다."

대방이 대답하되,

"흉녕한 그런 놈을 부지불각 불 지르면 제 죄를 제 모르고 도깨비장난인가 명화적의 난리런가 의심을 할 테니 다시 생각하여 보오."

해남 관머리 장승이 여쭙되,

"대방님 하는 분부 절절이 마땅하오. 그러한 흉한 놈을 쉽사리 죽여서는 설치가 못 될 테니 고생을 실컷 시켜, 죽자 해도 썩 못 죽고, 살자 해도 살 수 없어 칠칠이 사십구 한달 열아흐레 밤낮으로 볶이다가 험사(險死) 악사(惡死)하게 하면 장승 화장한 죄인 줄 저도 알고 남도 알아 쾌히 징계될 테니, 우리의 식구대로 병 하나씩 가지고서 강쇠를 찾아가서 신문에서 발톱까지 오장육부 내외 없이 새 집에 앙토하듯, 지소방(祇所房)에 부벽(付壁)하듯, 각장(角壯) 장판(壯版) 기름 결듯, 왜관(倭館) 목물(木物) 칠살같이 겹겹이 바르면 그 수가 좋을 듯하오."

대방이 크게 기뻐하며,

"해남 동관 하는 말씀 불번불요(不煩不擾) 장히 좋소. 그대로 시행하되 조그마한 강쇠 놈에 저리 많은 식구가 정처 없이 달려들면 많은 데는 축이 들고 빠진 데는 틈 날 테니 머리에서 두 팔까지 전라, 경상 차지하고, 겨드랑이서 볼기까지 황해, 평안 차지하고, 항문에서 두발까지 강원, 함경 차지하고, 오장육부 내복일랑 경기, 충청 차지하여 팔만 사천 털구멍 한 구멍도 빈틈없이 단단히 잘 바르라."

팔도 장승 청령하고, 사냥 나온 벌 떼같이 병 하나씩 등에 지고, 함양 장승 앞장서서 강쇠에게 달려들어 각기 자기네 맡은 대로 병도배(病塗褙)를 한 연후에 아까같이 흩어진다.

이적에 강쇠 놈은 장승 패어 덥게 때고 그날 밤을 자고 깨니 아무 탈이 없었구나. 제 계집 두 다리를 양편으로 딱 벌리고 오목한 그 구멍을 기웃이 굽어보며,

"밖은 검고 안은 붉고 정녕 한 부엌일새, 빠끔빠끔하는 것은 조왕동증 정녕 났제."

제 기물 보이면서,

"불끈불끈하는 수가 목신동증 정녕 났제. 가난한 살림살이 굿하고 경 읽겠나, 목신하고 조왕하고 사화(私和)를 붙여 보세."

아침밥 끼니 에워 한 판을 질끈하고 장담을 실컷하여,

"하루 이틀 쉰 후에 이 근방 있는 장승 차차 빼오면 올봄을 지내기는 나무 걱정할 수 없지."

그날 저녁 일과하고 한참 곤케 자노라니 천만의외 온 집안에 장승이 장을 서서 몸 한 번씩 건드리고 말이 없이 나가거늘 강

쇠가 깜짝 놀라 말하자니 안 나오고 눈 뜨자니 꽉 붙어서 만신을 결박하고 각색으로 쑤시는데, 제 소견으로 살 수 없어 날이 점점 밝아 가매, 강쇠 계집 잠을 깨니 강쇠의 된 형용이 정녕한 송장인데, 신음하여 앓는 소리 숨은 아니 끊겼구나.

깜짝 놀라 옷을 입고 미음을 급히 고아 소금 타서 떠 넣으며 온몸을 만져 보니, 이를 꽉 아드득 물고 미음 들어갈 수 없고, 낭자한 부스럼이 어느새 농창하여 피고름 독한 내가 코를 들을 수가 없다.

병 이름을 짓자 하니 만 가지가 넘겠구나. 풍두통, 편두통, 담결통 겸하고 쌍다래끼 석서기, 청맹을 겸하고, 이롱증 이병에 귀젓을 겸하고, 비창, 비색에 주독을 겸하고, 면종, 협종 순종 겸하고, 풍치, 충치에 구와증을 겸하고, 흑태, 백태에 설축증을 겸하고, 후비창, 천비창에 쌍단아를 겸하고, 낙함증, 항강에 발제를 겸하고, 연주 나력에 상감을 겸하고, 견비통, 옹절에 수전증을 겸하고, 협통, 요통에 등창을 겸하고, 흉결 복창에 부종을 겸하고, 임질, 산증에 퇴산불을 겸하고, 둔종, 치질에 탈항증을 겸하고, 가래톳 학질에 수종을 겸하고, 발바닥 독종에 티눈을 겸하고, 주로, 색로에 담로를 겸하고, 육체, 주체에 식체를 겸하고, 황달, 흑달에 고창을 겸하고, 적리, 백리에 후증을 겸하고, 각궁 반장에 괴질을 겸하고, 자치염, 해수에 헐떡증을 겸하고, 빈 입에 헛손질을 겸하고, 전근곽란에 토사를 겸하고, 일학, 양학에 며느리심을 겸하고, 드리치락 내치락 사증을 겸하고, 단독, 양독에 온역을 겸하고, 감창, 당창에 용천을 겸하고, 경축, 복음에 분돈증을 겸하고, 내종, 간옹에 주마담을 겸하고, 염병, 시병에 열광증을 겸하고, 울화, 허화에 물조갈을 겸하여 사지가 참을 수 없고 온몸이 쑤셔서 굽도 잦도 꼼짝달싹 다시는 두 수 없이 마계틀 모양으로 뻣뻣이 누웠으니, 여인이 겁을 내어 병이 하도 무서우니 문복이나 하여 보자.

경채 한 냥 품에 넣고 건너 마을 송 봉사 집 급히 찾아가서,

"봉사님 계시오."

봉사의 대답이란 게 근본 원수진 듯이 하는 법이었다.

"게 누구라께?"

"강쇠 지어미오."

"어찌?"

"그 건장하던 지아비가 밤새 얻은 병으로 곧 죽게 되었으니 점 한 장 하여 주오."

"어허, 말 안 되었네. 방으로 들어오소."

세수를 급히 하고, 의관을 정제한 후에 단정히 꿇어앉아, 대모산통(玳瑁算筒) 흔들면서 축사를 외는구나.

"천하언재(天下言哉)시며 지하언재(地何言哉)시리오마는 고

지즉응(叩之卽應)하나니 부대인자(夫大人者)는 여천지합기덕
(與天地合其德)하며 여일월합기명(與日月合其明)하며 여사시합
기서(與四時合其序)하며 여귀신합기길흉(與鬼神合其吉凶)하시
니, 신기영의(神其靈矣)라, 감이수통언(感而遂通焉)하소서. 금우
태세(今又太歲) 을유이월(乙酉二月) 갑자삭(甲子朔) 초육일(初六
日) 기사(己巳) 경상우도 함양군 지리산 중거 여인 옹 씨 근복문
(謹伏問). 가부(家夫) 임술생신 변강쇠가 우연 득병하여 사생을
판단하니 복걸 점신은 물비(勿秘) 괘효(卦爻) 신명(神明) 소시
(昭示), 신명 소시. 하나 둘 셋 넷."

　산통을 누가 빼앗아 가는지 주머니에 부리나케 넣고 글 한 귀
지었으되,

　"사목비목(似木非木) 사인비인(似人非人)이라, 나무라 할까 사
람이라 할까, 어허, 그것 괴이하다."

　강쇠 아내 이르는 말이,

　"엊그제 남정네가 장승을 패 때더니 장승 동증인가 보이다."

　"그러면 그렇지, 목신이 난동하고 주작이 발동하여 살기는 불
가망이나 원이나 없이 독경이나 하여 보소."

　강쇠 아내 이 말 듣고,

　"봉사님이 오소서."

　"가지."

저 계집 거동 보소. 한 걸음에 급히 와서 사면에 황토 놓고, 목욕하며 재계하고, 빤 의복 내어 입고, 살망떡과 실과 채소 차려 놓고 앉았으니 송 봉사 건너온다.

문 앞에 와 우뚝 서며,

"어디다 차렸는가."

"예다 차려 놓았소."

"그러면 경 읽지."

나는 북 들여 놓고 가시목 북방망이 들고, 요령은 한 손에 들고, 쨍쨍 통통 울리면서 조왕경(조王經), 성조경(成造經)을 의례(依例)대로 읽은 후에 동증경(動症經)을 읽는구나.

"나무동방 목귀살신, 남무남방 목귀살신, 남무서방 목귀살신, 남무북방 목귀살신."

삼칠편을 얼른 읽고 왼편 발 턱 구르며,

"엄엄급급(奄奄急急) 여율령(如律令) 사파하 쒜."

경을 다 읽은 후에,

"자네, 경채를 어찌하려나?"

저 계집 이르는 말이,

"경채나 서울 빚이나 여기 있소."

돈 한 냥 내어 주니,

"내가 돈 달랬는가, 거 새콤한 것 있는가."

"어, 앗으시오. 점잖은 터에 그게 무슨 말씀이오."

송 봉사 무료하여 안개 속에 소 나가듯 하니, 강쇠 아내 생각하되 의원이나 불러다가 침약이나 하여 보자.

함양 자바지 명의란 말을 듣고 찾아가서 사정하니 이 진사 허락하고 몸소 와서 진맥할 때, 좌수맥을 짚어 본다.

신방광맥(腎肪胱脈) 침지하니 장냉정박(臟冷精薄)할 것이요, 간담맥(肝膽脈)이 침실하니 절늑통압(節肋痛壓)할 것이요, 심수맥(心水脈)이 부삭하니 풍열두통(風熱頭痛)할 것이요, 명문삼초맥(命門三焦脈)이 이렇게 침미하니 산통탁진(酸通濁津)할 것이요, 비위맥(脾胃脈)이 참심하니 기촉복통(氣促腹痛)할 것이요, 폐대장맥(肺大腸脈)이 부현하니 해수냉결할 것이요, 기구인영맥(氣口人迎脈)이 내관외격(內關外格)하여 일호류지(一呼六至)하고 십괴(十怪)가 범하였으니 암만해도 죽을 터이나 약이나 써 보게 건재로 사 오너라.

인삼, 녹용, 우황, 주사, 관계, 부자, 곽향, 축사, 적복령, 백복령, 적작약, 백작약, 강활, 독활, 시호, 전호, 천궁, 당귀, 황기, 백지, 창출, 백출, 삼릉, 봉출, 형개, 방풍, 소엽, 박하, 진피, 청피, 반하, 후박, 용뇌, 사향, 별갑, 구판, 대황, 망초, 산약, 택사, 건강, 감초, 탕약으로 써 보자.

형방패독산(荊防敗毒散), 곽향정기산(藿香正氣散), 보중익기

탕(補中益氣湯), 방풍통성산(防風通聖散湯), 자음강화탕(滋陰降火湯), 구룡군자탕(九龍君子湯), 상사평위산(常砂平胃散), 황기건중탕(黃芪建中湯), 일청음(一淸飮), 이진탕(二陳湯), 삼백탕(三白湯), 사물탕(四物湯), 오령산(五靈散), 육미탕(六味湯), 칠기탕(七氣湯), 팔물탕(八物湯), 구미강활탕(九味羌活湯), 십전대보탕(十全大補湯).

암만 써도 효험 없어 환약을 써서 보자.

소합환(蘇合丸), 청심환(淸心丸), 천을환(天乙丸), 포룡환(抱龍丸), 사청환(瀉淸丸), 비급환(脾及丸), 광제환(廣濟丸), 백발환(百發丸), 고암심신환(古庵心腎丸), 가미지황환(加味地黃丸), 경옥고(瓊玉膏), 신선고(神仙膏)가 아무것도 효험 없다.

단방약(單方藥)을 하여 볼까.

지렁이집, 굼벵이집, 우렁탕, 섬사주(蟾蛇酒)며 무가산(無價散), 황금탕(黃金湯)과 오줌 찌기, 월경수(月經水)며 땅강아지, 거머리, 황우리, 메뚜기, 가물치, 올빼미를 다 써 보았지만 효험 없다. 침이나 주어 보자.

순금장식(純金粧飾) 대모침통 절렁절렁 흔들어서 삼릉(三稜)을 빼어 들고 차차 혈맥 짚어 줄 때, 백회(百會) 짚어 통천(通天) 주고, 뇌공(腦空) 짚어 풍지(風池) 주고, 전중 짚어 신궐(神闕) 주고, 기해(氣海) 짚어 대맥(帶脈) 주고, 대저 짚어 명문(命門) 주고, 장강(長强) 짚어 간유(肝兪) 주고, 담유(膽兪) 짚어 소장유(小腸兪) 주고, 방광(膀胱) 짚어 곡지(曲池) 주고, 수삼리(手三里) 짚어 양곡(陽谷) 주고, 완골(腕骨) 짚어 내관(內關) 주고, 대릉(大陵) 짚어 소상(小商) 주고, 환도(環跳) 짚어 양능천(陽陵泉) 주고, 현종(懸鍾) 짚어 위중(委中) 주고, 승산(承山) 짚어 곤륜(崑崙) 주고, 신맥(申脈) 짚어 삼음교(三陰交) 주고, 공손(公孫) 짚어 축빈(築賓) 주고, 조해(照海) 짚어 용천(涌泉) 주어, 만신(萬身)을 다 쑤시니, 병에 곯고 약에 곯고 침에 곯아 정녕 죽을 밖에 수가 없다.

이 진사 하는 말이,

"약은 백 가지요, 병은 만 가지니 말질(末疾)이라 불치외다."

하직하고 가는구나.

의원이 간 연후에 침약의 힘일는지 목신의 조화인지 강쇠가 말을 하여 여인 옥수(玉手) 덤벅 잡고 눈물 흘리며 하는 말이,

"자네는 양서 사람, 내 몸은 삼남 사람. 하늘이 지시하고 귀신이 중매하여 오다가다 맺은 연분 죽자 사자 깊은 맹세 단산에 봉황이오 녹수에 원앙이라. 잠시도 이별 말고 백년해로하쟀더니 일야 간에 얻은 병이 백 가지 약 효험 없어, 청춘소년 이 내 몸이 황천 원로(遠路) 갈 터이니 생기사귀(生寄死歸) 성인 말씀 나는 서럽지 않거니와 생이사별 자네 정경 차마 어찌 보겠는가.

비같이 퍼붓던 정이 구름같이 흩어지면 눈같이 녹는 간장 안개같이 이는 수심. 도리화 피는 봄과 오동잎 지는 가을 두견이 서럽게 울고 기러기 높이 날 때, 독수공방 저 신세가 잔상이 불쌍하다. 자네 정경 가긍하니 아무리 살자 하나 내 병세 지독하여 기어이 죽을 터이니 이 몸이 죽거들랑 염습하기, 입관하기 자네가 손수 하고, 출상할 때 상여 배행, 시묘 살아 조석상식, 삼년상을 지낸 후에 비단 수건 목을 잘라 저승으로 찾아오면 이생에서 미진 연분 단현부속(斷絃復續) 되려니와 내가 지금 죽은 후에 사나이라 명색하고 십세 전 아이라도 자네 몸에 손대거나 집 근처에 얼씬하면 즉각 급살할 것이니 부디부디 그리하소.”

속곳 아구대에 손김을 풀쑥 넣어 여인의 보지 쥐고 으드득 힘주더니 불끈 일어 우뚝 서며 건장한 두 다리는 유엽전을 쏘려는지 비정비팔 빗디디고, 바위 같은 두 주먹은 시왕전에 문지기인지 눈 위에 높이 들고, 경쳣덩이 같은 눈은 홍문연 번쾌인지 찢어지게 부릅뜨고, 상투 풀어 산발하고, 혀 빼어 길게 물고, 짚동같이 부은 몸에 피고름이 낭자하고 주장군은 그저 뻣뻣, 목구멍에 숨소리 딸깍, 콧구멍에 찬바람 왜, 생문방 안을 하고 장승 죽음하였구나.

여인이 겁이 나서 울 생각도 없지마는 저놈 성기 짐작하고 임종 유언 있었으니 전례곡은 해야겠거든 비녀 빼어 낭자 풀고 주

먹 쥐어 방을 치며,

"애고애고 설운지고, 애고애고 어찌 살꼬. 여보소, 변 서방아
날 버리고 어디 가나. 나도 가세 나도 가세. 임을 따라 나도 가
세. 청석관 만날 적에 백년해로 하자더니 황천객 혼자 가니 일
장춘몽 허망하다. 적막산중 텅 빈집에 강근지친(强近之親) 고사
하고 동네 사람 없으니 낭군 치상 어찌하고, 이내 신세 어찌 살
꼬. 웬 년의 팔자로서 상부복을 그리 타서 송장 많이 보았지만
보던 중에 처음이네. 애고애고 설운지고. 나를 만일 못 잊어서
눈을 감지 못한다면 날 잡아가, 날 잡아가. 애고애고 설운지고."

한참 통곡한 연후에 사자밥 지어 놓고, 옷깃 잡아 초혼하고
혼잣말로 자탄하여,

"무인지경 이 산중에 나 혼자 울어서는 낭군 치상할 수 없어
시충출호(屍蟲出戶)될 터이니, 대로변에 앉아 울어 오입남자 만
난다면 치상을 할 듯하니 그 수가 옳다."

하고 상부에 이력 있어 소복은 많겠다, 생서양포(生西洋布) 깃
저고리, 종성내의(鍾城內衣), 생베 치마, 외씨 같은 고운 발씨 삼
승버선 엄신 신고 구름같이 푸른 머리 흐트러지게 집어 얹고 도
화색 두 뺨 가에 눈물 흔적 더 예쁘다.

아장아장 고이 걸어 대로변을 건너가서 유록도홍(柳綠桃紅)
시냇가에 뵐 듯 말 듯 펄썩 앉아 본래 관서 여인이라 목소리는

120

좋아서 쓰러져 가는 듯이 앵도를 따는데, 이것이 묵은 서방 생각이 아니라 새서방 후리는 목이니 오죽 맛이 있겠느냐.

사설(詞說)은 망부사(望夫詞) 비슷하게 염장(斂章)은 연해 애고애고로 막겠다.

"애고애고 설운지고. 이 내 신세 가긍하다. 일신이 고단키로 이십이 발웃 넘어 삼남을 찾아오니 사고무친 객지로다. 오행궁합 좋다기에 육례 없이 얻은 낭군 칠차 상부 또 당하니 팔자 그리 험굿던가. 구곡간장 이 원통을 시왕전에 아뢰고저. 애고애고 설운지고. 여심상비(余心傷悲) 남물흥사(男勿興事) 보는 것이 설움이라. 류상(柳上)에 우는 황조 벗을 오라 한다마는 황천 가신 우리 낭군 네 어이 불러오며 화간(花間)에 우는 두견 불여귀라 한다마는 가장 치상 못한 내가 어디로 가자느냐. 동원도리편시춘(東園桃李片時春)에 내 신세를 어찌하며 춘초년년(春草年年) 푸르른데 낭군 어이 귀불귀오. 애고애고 설운지고. 염라국이 어디 있어 우리 낭군 가 계신고. 북해상에 있으면 안족서(雁足書)나 부칠 테오. 농산이 가까우면 앵무소식 오련마는 주야 동포하던 정리 영이별 되단 말인가. 애고애고 설운지고."

애원한 목소리가 화주성 무너질 듯 시냇물이 목 메인다.

이때에 화림 속으로 산나비 하나 날아오는데 매우 덤벙거려 붉은 칠 실양갓에 주황사 나비수염, 은구영자(銀鉤纓子) 공단끈을 두 귀에 덮어 매고 총감투 소년당상(少年堂上) 외꽃 같은 은관자를 양편에 떡 붙이고, 서양포(西洋布) 대쪽누비 상하 통같이 입고, 한산세저(韓山細苧) 잇물 장삼, 진홍 분합 눌러 띠고, 흰 총박이 사날 초혜, 고운 새김 버선목을 행전 위에 덮어 신고, 좋은 은으로 꾸민 화류승도(花柳僧刀) 겉고름에 늦게 차고, 오십시 진상칠선(進上漆扇) 기름 걸어 손에 쥐고, 동구 색주가에 곡차를 반취하여 용두 새긴 육환장을 이리로 철철 저리로 철철, 청산 석경 구비 길로 흐늘거려 내려오다 울음소리 잠깐 듣고 사면을 둘러보며 무한이 주저터니 여인을 얼른 보고 가마가만 들어가니 재치 있는 저 여인이 중 오는 줄 먼저 알고 온갖 태를 다 부린다.

옥안을 번듯 들어 먼 산도 바라보고 치맛자락 돌려다가 눈물도 씻어 보고 옥수를 잠깐 들어 턱도 받쳐 보고, 설움을 못 이겨 머리도 뜯어보고 가도록 섧게 운다.

"신세를 생각하면 해당화 저 가지에 결항치사(結項致死)할 테로되 설부화용(雪膚花容) 이내 태도 아직 청춘 멀었으니 적막공산 무주고혼 그 아니 원통한가. 광대한 천지간에 풍류호사 의기남자 응당 많이 있건마는 내 속에 먹은 마음 그 뉘라 알 수 있나. 애고애고 설운지고."

중놈이 그 얼굴 태도를 보고, 정신을 반이나 놓았더니 이 우

는 말을 들으니 죽을 밖에 수 없구나. 참다 참다 못 견디어 제가 독을 쓰며 죽자 하고 쑥 나서며,

"소승 문안드리오."

여인이 힐끗 보고 못 들은 체 연해 울어,

"오동에 봉 없으니 오작이 지저귀고 녹수에 원 없으니 오리가 날아든다. 애고애고 설운지고."

중놈이 이 말을 들으니 저를 업신여기는 말이거든 죽고살기로 바짝바짝 달려들며,

"소승 문안이오, 소승 문안이오."

여인이 울음을 그치고 점잖게 꾸짖으며,

"중이라 하는 것이 부처님의 제자이니 계행이 다를 텐데 적막 산중 숲 속에서 전후불견 여인에게 체모 없이 달려드니 버릇이 괘씸하다. 문안은 그만하고 갈 길이나 어서 가제."

저 중이 대답하되,

"부처님의 제자기로 자비심이 많삽더니 시주님 저 청춘에 애원이 우는 소리 뼈 저려 못 갈 테니 우는 내력 아사이다."

여인이 대답하되,

"단부처 산중 살아 강근지친 없삽더니 신수가 불행하여 가군 초상 만났는데 송장조차 험악하여 치상할 수 없삽기로 여기 와서 우는 뜻은 담기(膽氣) 있는 남자 만나 가군 치상한 연후에,

124

청춘 수절할 수 없어 그 사람과 부부되어 백년해로 하자 하니 대사의 말씀대로 자비심이 있다면 근처로 다니시며 혈기남자 만나거든 지시하여 보내시오."

저 중이 또 물어,

"우리 절 중 중에도 자원할 이 있으면 가르쳐 보내리까."

"치상만 한다면 그 사람과 살 터이니 승속을 가리겠소."

저 중이 크게 기뻐하여,

"그리하면 쉬운 일 여기 있소. 그 송장 내가 치고 나와 살면 어떻겠소."

"아까 다 한 말이니 다시 물어 쓸 데 있소."

저 중이 좋아라고 양갓 감투 벗어 찢고 공단갓끈 금관자는 주머니에 떼어 넣고 장삼 벗어 띠로 묶어 어깨에 들어 메고 여인은 앞을 서고 대사는 뒤에 서서 강쇠 집을 찾아올 때 중놈이 좋아라고 장난이 비상하다.

여인의 등덜미에 손도 씩 넣어 보고 젖도 불끈 쥐어 보고 허리 질끈 안아 보고 손목 꽉 잡아 보며,

"암만해도 못 참겠네, 우선 한 번 하고 가세."

여인이 책망하여,

"바삐 먹으면 목이 메고, 급히 더우면 쉬 식나니 여러 해 주린 색심 아무리 그러하나, 죽은 가장 방에 두고 새 낭군 그 노릇이

125

내 인사 되겠는가. 다 되어 가는 일을 마음 조금 진정하소."

중놈이 대답하되,

"일인즉 그러하네."

수박 같은 대가리를 짜웃짜웃 흔들면서,

"십년공부 아마타불 참부처는 될 수 없어 삼생가약(三生佳約) 우리 미인 가부처나 되어 보세."

강쇠 문 앞에 당도하여,

"시체 방이 어디 있노?"

여인이 가리키며,

"저 방에 있소마는 시체가 불끈 서서 형용이 험악하니 단단히 마음먹어 놀라지 말게 하오."

이놈이 여인에게 협기를 보이느라고 장담을 버썩하여,

"우리는 겁이 없어 칠야 삼경 깊어 가며 궂은 비 흩뿌릴 때, 적적한 천왕각 혼자 자는 사람이라 그처럼 섰는 송장 조금도 염려 없제."

속으로 진언 치며 방문 열고 들어서서 송장을 얼른 보고 고개를 푹 숙이며 중의 버릇하느라고 두 손을 합장하고, 문안 죽음으로 요만하고 열반했제. 강쇠 여편네가 매장포, 백지 등물 수습하여 가지고서 뒤쫓아 들어가니 허망하구나. 중놈이 벌써 이 꼴 되었구나.

깜짝 놀라 발 구르며,

"애고 이것 웬일인가. 송장 하나 치려다가 송장 하나 생겼네."

방문을 닫고서 뜰 가운데 홀로 앉아 송장에게 정설하며 자탄 신세 우는구나.

"여보소, 변 서방아, 어찌 그리 무정한가. 청석관에 만난 후에 각 포구로 다니면서 간신히 모은 전량 잡기로 다 없애고 산중살 이 하겠더니, 장승 어이 패서 때어 목신 동증 소년 죽음 모두 자 네 자취로세. 사십구일 구병할 때 내 간장이 다 녹았네.

험악한 저 신세를 할 수 없어 대로변 가는 중을 간신히 홀렸 더니 허신도 한 일 없이 강짜를 하느라고 송장 치러 간 사람을 저 죽음 시켰으니 이 소문 나거드면 송장 칠 놈 있겠는가. 송장 만 쳐낸 후에 자네의 유언대로 수절을 할 터이니 다시는 강짜 마소. 애고애고 내 신세야. 치상을 뉘가 할꼬."

애긍히 우노라니 천만의외 솔대밋 친구 하나 달려들어,

"예 돌아왔소. 구름 같은 집에 신선 같은 나그네 왔소. 퉤, 옥 같은 입에 구슬 같은 말이 쑥쑥 나오. 퉤, 이 개야, 짖지 마라. 낯 은 왜 안 씻어 눈곱이 다닥다닥, 나를 보고 짖느니 네 할애비를 보고 짖어라, 퉤."

이런 야단 없구나.

여인이 살펴보니 구슬 상모, 담벙거지, 바특이 맨 통장구에

적 없는 누비저고리, 때 묻은 붉은 전대 제멋으로 어깨띠고, 조개장단 주머니에 주황사 벌매듭, 초록 낭릉(浪綾) 쌈지 차고, 청삼승 허리띠에 버선코를 길게 빼어 오메장 짚신에 푸른 헝겊 들메고 오십살 늘어진 부채, 송화색 수건 달아 덜미에 엇게 꽂고, 앞뒤꼭지 뚝 내민 놈 앞살 없는 헌 망건에 자개관자 굵게 달아 당줄에 짓눌러 쓰고, 굵은 무명 벌통 한삼 무릎 아래 축 처지고, 몸집은 짚동 같고, 배통은 물항 같고, 도리도리 두 눈구멍, 흰 고리테 두르고 납작한 콧마루에 주석 대갈 총총 박고, 꼿꼿한 센 수염이 양편으로 펄렁펄렁, 반백이 넘은 놈이 목소리는 새된 것이 비지땀을 베 씻으며, 헛기침 버썩 뱉으면서,

"예, 오노라 가노라 하노라니 우리 집 마누라가 아씨 마님 전에 문안 아홉 꼬장이, 평안 아홉 꼬장이, 이구십팔 열여덟 꼬장이 낱낱이 전하라 하옵디다. 당 동 당. 페."

여인이 기가 막혀 초라니를 나무라며,

"아무리 초라닌들 어찌 그리 경망한고. 가군의 상사 만나 치상도 못한 집에 장고소리 부당하네."

"예, 초상이 났사오면 중복막이, 오귀물림 잡귀 잡신을 내 솜씨로 소멸하자. 페. 당 동 당.

정월 이월 드는 액은 삼월 삼일 막아 내고, 사월 오월 드는 액은 유월 유두 막아 내고, 칠월 팔월 드는 액은 구월 구일 막아 내

고, 시월 동지 드는 액은 납월(臘月) 납일(臘日) 막아 내고, 매월 매일 드는 액은 초라니 장고로 막아 내세. 페.당 동 당.

통영칠(統營漆) 도리판에 쌀이나 되어 놓고 명실과 명전이며, 귀가진 저고리를 아끼지 마옵시고 어서어서 내어놓으오."

"여보시오. 이 초라니, 가가 문전 들어가면 오라는 데 어디 있소."

"뒤꼭지 지르면서 핀잔 악담하는 것을 꿀로 알고 다니오니, 난장 쳐도 못 가겠소. 박살해도 못 가겠소."

억지를 마구 쓰니 여인이 대답하되,

"중복막이 오귀물림 호강의 말이로세. 서서 죽은 송장이라 쳐 낼 사람 없어 시각이 민망하네."

초라니가 좋아라고 장고를 두드리며 방정을 떠는구나.

"사망이다, 사망이다. 발뿌리가 사망이다. 불리었다 불리었다 좋은 바람 불리었다. 페. 둥 동 당. 재수 있네 재수 있네, 흰 고리 눈 재수 있네. 복이 있네 복이 있네, 주석 코가 복이 있네. 페. 둥 동 당. 어제 저녁 꿈 좋기에 이상히 알았더니 이 댁 문전 찾아와서 소장 사망 터졌구나. 페. 당 동 당. 신사년 괴질통에 험악하게 죽은 송장 내 손으로 다 쳤으니, 그 같은 선 송장은 외손의 아들이니 삯을 먼저 결딴하오. 페. 당 동 당."

여인이 게으른 강쇠에게 간장이 다 녹다가 이 손의 거동 보니

부지런하기가 위에 없어 짐대 끝에 앉아서도 정녕 아니 굶겠구나. 애긍히 대답하되,

"가난한 내 형세에 돈 없고 곡식 없어, 치상을 한 연후에 부부 되어 살 터이오."

초라니가 또 덩벙여,

"얼씨구나 멋있구나, 절씨구나 좋을시고. 페. 당 동 당. 맛속 있는 오입쟁이 일색미인 만났구나. 시체방문 어서 여오, 내 솜씨로 쳐서 낼게. 페, 동 당."

여인이 방문 여니 초라니 거동 보소. 시방 문전 당도터니 몸 단속 매우 하며 장고 끈 졸라매고, 채손에 힘을 주어 험악한 저 송장을 제 고사로 눕히려고 부지런히 서두는데,

"여보소 저 송장아, 이내 고사 들어 보소. 페, 당 동 당. 오행 정기 생긴 사람 노소간에 죽어지면 혼령은 귀신 되고 신체는 송장이되, 무슨 원통 속에 있어 혼령은 안 해치고, 송장은 뻣뻣 섰노. 페, 당 동 당. 이내 고사 들어 보면 자네 원통 다 풀리리. 살았을 때 이승이요, 죽어지면 저승이라. 만사 부운(浮雲) 되었으니 처자 어찌 따라갈까. 훼파은수(毁破恩讐) 자세 보니 옛 사람의 탄식일세. 페, 당 동 당."

부드럽던 장고 채가 뒤마치만 소리하여

"꿍꿍꿍."

풀잎 같은 새된 목이 고비 넘길 수가 없고, 날쌔게 놀던 몸집 삼동에 뒤틀리고, 한출첨배(汗出沾背) 가쁜숨이 어깨춤에 턱을 채여, 한 다리는 오금 죽여 턱 밑에 장고 얹고, 망종 쓰는 한마디 목 하염없이 구성이라. 뒤마치 꽁치며 고사 죽음 돌아가니, 여인이 깜짝 놀라 손바닥을 딱딱 치며,

"또 죽었네, 또 죽었네. 방정맞은 저 초라니 자발없이 덤벙이다 허망히도 돌아간다. 고단한 내 한 몸이 세 송장을 어찌 할꼬."

담배를 피워 물고 먼 산 보고 앉았더니 대목 미처 파장인가, 어농 풍년 시평인가. 오색 발가리 친구들이 지껄이며 들어온다.

풍각쟁이 한 패가 오는데, 그중에 앞선 가객 다 떨어진 통량갓에 벌이줄 매어 쓰고, 소매 없는 배중치막 권 생원께 얻어 입고, 세목 동옷 때 묻은 놈 모동지께 얻어 입고, 안만 남은 누비저고리 신 선달께 얻어 입고, 다 떨어진 전등거리 송 선달께 얻어 입고, 부채를 부치되 뒤에 놈만 시원하게 부치면서 들어와서 말버슴새 씨는 경조 원터도 못다 가고 금강 이쪽 어투였다.

"여보시오, 이 마누라, 댁 송장이 접사하여 쳐 낼 사람 없다 하니, 내 수단에 쳐 내면 나하고 둘이 살겠소?"

여인이 대답하되,

"무슨 재주 지니셨소?"

"예, 나는 소리 명창 가객이오."

여인이 또 물어,

"송 선달 아시오?"

"예, 그게 내 제자요."

"신 선달 아시오?"

"예, 둘째 제자지요."

"세상 사람 하는 말이 목단은 화중왕, 송 선달은 가중왕, 다시 윗수 없다는데 그 사람들 선생 되면 당신의 목 재주는 가중의 천자인가 보오."

"남들이 그렇다고 수군수군한답디다."

그 뒤에 퉁소쟁이 빡빡 얽은 전벽소경 통솟대 손에 쥐고, 강 경장 넉마 큰 옷 뻣뻣하게 풀을 먹여 초록 실띠 눌러 띠고, 지팡 막대 잡은 아이 열댓 살 거의 된 놈 굵은 무명 홑고의 길목 신고, 모시행전, 홍일광단 도리줌치, 갈매 창옷, 송화색 동정, 쇠털 같은 노랑머리 밀기름칠 이마 재어 공단 댕기 벗게 땋고, 검무 출 칼 가졌으며, 가얏고 타는 사람 뻣뻣 마른 중늙은이 피골이 상련한데, 토질 먹은 기침 소리 광쇠 치는 소리 같고, 긴 손톱 검은 때와 빈대코 코거웃이 입술을 모두 덮고, 떡메모자 대갓끈에 가얏고를 메었으되, 경상도 경주 도읍 그 시절에 난 것이라 복판이 좀이 먹고 도막 난 열두 줄을 망건 당줄 이어 매고, 쥐똥나무

패를 고여 주석 고리 끈을 달아 왼 어깨에 둘러메고 북 치는 놈 맵시 보소.

엄지러기 총각 놈이 여드름과 개기름이 용천뱅이 초 잡은 듯 짧은 머리 길게 땋고, 외손질로 늙은 놈이 체바퀴 열두 도막 도막도막 주워 이어, 노구녹피(老狗鹿皮) 북을 매어 쐐기 제겨 끈을 달아, 양어깨에 둘러메고, 거들거려 들어오며 장담들을 서로 한다.

"송장이 어디 있소. 그 같은 것 쳐내기는 똥 누기는 발히리나 시제."

여인이 이른 말이,

"그렇게 장담하다 실없이 죽은 사람 몇이 된 줄 모르겠소."

사람들이 대답하되,

"그 염려는 마시오. 내 노래 한 곡조는 읍귀신하는 터요, 가얏고 의논하면 진국미인 허청금에 형장사도 잡았으며, 왕소군 출새곡은 호인도 낙루하고, 옹문금 슬픈 소리 맹상군도 울었으니, 내 또한 상심곡을 처량히 타고 나면 멋있는 저 송장이 날 괄세할 수 없제."

퉁소장이 하는 말이,

"내 퉁소 부는 법은 여읍여소(如泣如訴) 슬픈 소리, 계명산 추야월에 장자방의 곡조로다. 팔천 제자 흩어질 때 우미인은 목

찌르고 항장사도 울었거든, 제까짓 송장이야 동지섣달 불강아지."

북치는 놈 내달으며,

"이 내 솜씨 북을 치면 전단이 되놈 칠 때, 시석지소 우뚝 서서 원포고지하던 소리, 장익덕 고성현에 관공님의 용맹 보자 삼통고 치던 소리, 제아무리 험한 송장 아니 쓰러질 수 있나."

검무 추는 아이 놈이 양손에 칼을 들고 연풍대 좌우 사위 번듯번듯 둘러메고,

"여보시오, 기탄 마오. 소년 십오 이십시에 일검증당백만사(一劍曾當百萬死)라 홍문연 큰 모임에 항장의 날랜 칼이 날 당할 수가 없고, 양소유 대진중에 심오연의 추던 춤이 내게 비하지 못할 테니 송장 치기 두말 있나. 송장방이 어디 있소."

각기 재주 자랑하니, 여인이 생각한즉 식구가 여럿이요, 재주가 저만하니 송장 서넛 쳐내기는 염려가 없겠거든,

"여보시오, 저 손님네, 송장 먼저 보아서는 아마 기가 막힐 테니 시체방문 닫은 채로 툇마루에 늘어앉아 각색 풍류하면, 송장이 감동하여 눕거든 묶어 내기 쉬울 테니 그리하면 어떠하오."

"그 말이 장히 좋소."

굿하는 집에 공인뿐으로 마루에 늘어앉고, 검무장이 일어서서 여민락 심방곡을 재미있게 한참 노니, 방에서 찬바람이 스르

르 일어나며 쌍창문이 절로 열려 온몸이 으슥하며 독한 내가 코 찌르니, 눈뜬 식구들은 송장을 먼저 보고 제 맛으로 다 죽는다.

가객의 거동 보소. 초한가를 한참 할 때,

"일후 영웅 장사들아, 초한 승부 들어보소. 절인지력 부질없고, 순민심이 으뜸일세. 한 패공 십만대병 구리산하 십사면에 대진을 둘러치고, 초 패왕을 잡으려 할 때 거리거리 마병이요, 마루마루 복병이라."

부채를 쫙 펼치며 숨이 딸각.

가얏고 놀던 사람 짝타령을 타노라고,

"황성에 허조벽산월(虛照碧山月)이요, 고목은 진입창오운(盡入蒼梧雲)이라 하던 이태백으로 한 짝. 삼년적리관산월(三年笛裡關山月)이요, 만국병전초목풍(萬國兵前草木風)이라 하던 두자미(杜子美)로 한 짝. 둥덩덩 지둥덩둥."

그만 식고.

북치던 늙은 총각 다시 치는 소리 없고, 칼춤 추던 어린아이 오도가도 아니하고 선 자리에 꽉 서 있고, 통소 불던 얽은 봉사 송장 낯을 못 본 고로 죽음 차례 모르고서 먼눈을 번득이며 봉장추를 한창 불 때, 무서운 기운이 왈칵 들고, 독한 내가 콱 지르니 내미는 힘이 점점 줄어 그만 자진하였구나.

여인이 기가 막혀서 울음도 울 수 없고, 사지가 나른하여, 애겨 이를 어찌할꼬. 이것들 앉은 대로 여기다 두어서는 아무 사람 와 보아도 우선 놀라 갈 테니, 방 안에다 감추자고 하나씩 고이 안아 동서편 두 벽 밑에 차례로 앉혀 놓으니, 앉은 것은 명부전에 시왕뿐, 집 이름은 초상 상자, 팔상전 시방문 닫고서 대문간에 비켜서서 대로변을 바라보니 어떠한 사람 하나 맛있는 연비정을 권 생원 비슷하게 냅다 떠는데,

"이봐, 벗님네야. 이때는 어느 땐고, 하사월 초파일에 연자는 남으로 펄펄 날아들고, 석양산로에 어디로 가자느냐. 천지로 장막 삼고, 일월로 등촉 삼고, 남의 집 내 집 삼고, 가는 길 노 자되고, 멍석자리 등둣 삼아 두고 꿰질러 다니다가 달은 밝고 바람찬 밤에 광충다리 홀로 우뚝 서서 이내 신세를 솜솜 생각하니, 팔만장안 억만가구 방방곡곡 가가호호 귀돌적간을 꿰질러 다니며 보아도 이런 벌건 목두기의 아들 놈 팔자 또 어디 있을꼬. 애고애고 설운지고."

으스러지게 부르면서 문전으로 들어오는데, 산쇠털 벙거지 넓은 끈 졸라매고, 마가목채 등덜미에 꽂고, 때 묻은 고의적삼 육승포 온골전대 허리를 잡아매고, 발 감기 곱게 하여 짚신을 들멨는데, 키는 장승 같고, 낯은 징짝 같고, 눈은 화등잔만, 코는 메주덩이, 입은 싸전 장되, 발은 동작(銅雀)이 거루선만, 초라니 탈 아니 써도 천생 말뚝이뿐이거든, 여인을 썩 보더니 경조로

세치를 내갈기는데,

"이런 제어미를, 그리하여서 마누라가 낭군의 송장 쳐 주면 둘이 살자고 하는 마누라요?"

여인이 애긍히 대답하여,

"그러하오."

"그 제어미를 할 송장이 어떻게 죽었단 말이오?"

불끈 일어서서 두 주먹 불끈 쥐고 이놈이 연해 희색하여,

"누구를 콱 치려고 두 다리 벋디디고, 누구를 탁 차려고 두 눈을 딱 부릅떴소. 에게, 그것이 용병이어든 그도 그렇겠지. 그도 가수제. 집에 갈퀴 있소?"

"예, 있소."

"그놈의 눈구멍을 내가 아니 보려 하니 고개를 숙이고서 그놈 눈 웃시울을 긁어서 덮을 테니 마누라는 밖에 서서 갈퀴가 웃시울에 닿거든 닿았다 하오."

이놈이 갈퀴 들고 시체방에 들어서서 고개를 푹 숙이고, 두 손으로 갈퀴 들어 송장 눈에 대면서,

"웃시울에 닿았소?"

여인이 뒤에 서서,

"조금 올리시오."

"닿았소?"

"조금 내리시오."

"닿았소?"

딱 잡아 긁은 것이 손이 조금 미끄러져 아랫시울 긁어 놓으니 눈이 툭 불거져서 앙하고 호랑이 재주를 하는구나.

가만히 쳐다보더니 이놈이 깜짝 놀라 갈퀴를 내버리고 바로 뛰어 도망할 때 그물의 내 맡은 숭어 뛰듯, 선불 맞은 호랑이 닫 듯, 곧 들고 째는구나.

여인이 대경하여 급히 급히 쫓아가며,

"여보시오, 저 손님네, 말씀이나 하고 가오."

저놈이 손 헤치며,

"그런 소리 하지 마오. 나 돌아가오, 나 돌아가오. 위방은 불입 이라, 나 돌아가오."

여인이 연해 불러,

"송장 치라 아니하니 말만 잠깐 듣고 가오."

꽃 같은 저 미인이 옥 같은 말소리로 따라오며 간청하니, 오 입한 사람이라 어찌할 수가 있나. 돌아서며 대답하되,

"무슨 말씀 하시려오?"

여인이 하는 말이,

"노변에서 괴이하니 내 집으로 둘이 가서 딴방에서 잠을 자고 내가 이리 고적하니 말벗이나 하십시다."

저놈이 흠득하여,

"그리합시다."

허락하고 여인의 손목 잡고 정담하며 도로 올 때, 여인이 자세 물어,

"어디서 사옵시며 존호는 누구신데, 어디로 가시다가 내 집을 어찌 알고 수고로이 오시니까?"

저놈이 대답하되,

"예, 나는 서울 사는 뎁득이 김 서방 재상댁 마종으로 경상도 황산역에 좋은 말이 있다기에 그리로 가다가 마누라 일색으로 가군이 험사하여 치상하여 주는 사람 작배하여 살자는 말이 삼남 천지에 떠들썩하여 사람마다 전하기에 불원천리 찾아왔소."

여인이 또 물어,

"서울 사시고 신수 저리 건장한데 그만 송장 염려하여 버리고 가시기에는 내 얼굴이 누추하여 당신 눈에 아니 드오."

뎁득이 이 말 듣고 여인의 등을 치며,

"미인 보면 정 있다가 송장 보면 정 떨어지오."

언사 좋은 저 여인이 속을 연해 질러 보아,

"사제갈(死諸葛)이 주생중달(走生仲達) 옛글로만 들었더니 저러한 호풍신(好風身)에 송장에게 쫓긴단 말 어디 행세할 수 있소. 불쌍한 이내 신세 버리고 가신다면 고통 자진할 터이니 그

아니 불쌍한가. 날 살리쇼, 날 살리쇼. 한양 낭군 날 살리쇼. 자네 만일 가려 하면 나를 먼저 죽여 주소."

허리를 질끈 안고 온가지 어린양에 백만 가지 교태 다 부리니, 서울 사나이라 뒤가 탁 풀리는데 허리에 띤 전대로 눈물을 씻기면서,

"울지 마오, 울지 마오. 아니 감세, 아니 감세. 죽으면 내가 죽지 자네 죽게 하겠는가."

집으로 들어오며 의사를 새로 내어,

"자네 집에 떡메 있나?"

"떡메는 무엇하게?"

"영투지(寧鬪智) 불투력(不鬪力)을 먼저 생각 못 하였네."

떡메를 내어 주니, 뎁득이 둘러메고 집 뒤로 돌아가서 주해의 진비 치듯, 경포의 함관 치듯, 뒷벽을 쾅쾅 치니 송장이 벽에 치어 덜꺽 뒤쳐지는구나.

뎁득이가 좋아라고 땀 씻으며 장담하여,

"제깟 놈이 어디라고."

여인은 더위한다 부채질하며 송장 묶어 내려 할 때 아무리 장사기로 송장 여덟 질 수 있나.

근처 마을 찾아가서 삯군을 얻겠더니, 마침 각설이패 셋이 달려드는데 온 머리를 다 둥치고 옆에 약간 남은 털을 감이상투

엇게 하여 이마에 붙이고서 영남의 돌림이라 영남장만 가겠다.

"떠르르 돌아왔소. 각설이라 먹설이라 동설이를 짊어지고 뚤 뚤 몰아 장타령 안경 주관 경주장 최복 입은 상주장, 이 술 잡수 진주장, 관민분의(官民分義) 성주장, 이랴 채쳐 마산장, 펄쩍 뛰 어 노리골장, 명태 옆에 대구장, 순시 앞에 청도장."

한 놈은 옆에 서서 입장고 낑낑 치고, 한 놈은 옆에 서서 살만 남은 헌 부채로 뒤꼭지를 탁탁 치며 두 다리를 빗디디고 허릿짓 고갯짓.

"잘한다, 잘한다. 초당 짓고 한 공부냐, 실수 없이 잘한다. 동 삼 먹고 한 공부냐, 기운차게 잘한다. 목구멍에 불을 켰나, 훤하 게도 잘한다. 뱃가죽도 두껍다, 일망무제(一望無除) 나온다. 네 가 저리 잘할 때에 네 선생은 할 말 있나. 네 선생이 나로구나. 잘한다, 잘한다. 대목장에 목쉴라. 잘한다, 잘한다. 너 못 하면 내가 하마."

여인이 묻는 말이,

"목소리는 명창이나 우리 집에 송장 많아 지금 묶어 내려 하 니 함께 묶어 지고 가면 삯을 후이 줄 테니 소견이 어떠한가?"

저놈들 하는 말이,

"송장을 쳐내면 여인하고 산다기에 짚신짝 떼 붙이고 애써 애 써 예 왔더니 남의 손에 떼였으니 송장이나 지고 갈게. 송장 하나 닷 냥 삯에, 술, 밥, 고기 잘 먹이오."

여인이 허락하니 네 놈이 송장 칠 때 한 등짐에 두 마리씩 공
석으로 곱게 싸서 세 죽마다 태줄로 단단히 얽은 후에 짚으로
밖을 싸서 새끼로 자주 묶어 새벽달 못 떨어져 네 놈이 짊어지
고, 여인은 뒤를 따라 북망산을 찾아갈 때 어화성 목 어울러 행
색이 처량하다.

"어이 가리, 너허 너허. 연반군은 어디 가고 담뱃불만 밝았으
며, 행자곡비 어디 가고 두견이는 슬피 우노. 어허 너허. 명정(銘
旌) 공포(功布) 어디 가고 작대기만 짚었으며, 앙장(仰帳) 휘장
(揮帳) 어디 가고 헌 공석을 덮었는고. 어허 너허. 장강틀은 어디
가고 지게송장 되었으며, 상제(喪制) 복인(服人) 어디 가고 일미
인만 따라오는고. 어허 너허. 북망산이 어떻기에 만고영웅 다
가시노. 진시황의 여산 무덤, 한무제의 무릉이며, 초패왕의 곡
성 무덤, 위태조의 장수총이 다 모두 북망이니 생각하면 가소
롭다. 어허 너허. 너 죽어도 이 길이요, 나 죽어도 이 길이라. 북
망산천 돌아들 때 어욱새 더욱새, 떡갈나무 가랑잎, 잔 빗방울,
큰 빗방울, 소소리바람 뒤섞이어 으르렁 시르렁 슬피 불 때 어
느 벗님 찾아오리. 어허 너허. 주부도(酒不到) 유령(劉伶) 분상토
(墳上土)요, 금인(今人)이 경종(耕種) 신릉(信陵) 분상전(墳上田)
에 번화 부귀 죽어지면 어디 있나. 어허 너허. 지고 가는 여덟 분

이 다 모두 호걸이라 기주탐색(嗜酒耽色) 풍류가금(風流歌琴) 청루화방(靑樓花房) 어찌 잊고 황천북망 돌아가노. 어허 너허."

한참을 지고 가니 무겁기도 하거니와 길가에 있는 언덕 쉴 자리 매우 좋아, 네 놈이 함께 쉬어 짐머리 서로 대어 일자로 부리고 어깨를 빼려 하니 그만 땅하고 송장하고 짐꾼하고 삼물조합(三物調合) 꽉 되어서 다시 변통 없었구나.

네 놈이 할 수 없어 서로 보며 통곡한다.

"애고애고 어찌 할꼬. 천지개벽한 연후에 이런 변괴 또 있을까. 한 번을 앉은 후에 다시 일어설 수 없었으니 그림의 사람인가, 법당에 부처인가. 애고애고 설운지고. 청하는 데 별로 없이 갈 데 많은 사람이라, 뎁득이 자네 신세 고향을 언제 가고, 각설이 우리 사정 대목장을 어찌할꼬. 애고애고 설운지고. 여보시오 저 여인네, 이게 다 뉘 탓이오. 죄는 내가 지었으니 벼락은 네 맞아라 굿만 보고 앉았으니 그런 인심 있겠는가. 주인 송장, 손님 송장 여인 말은 들을 테니 빌기나 하여 보소."

여인이 비는구나.

"여보소 변 낭군아, 이것이 웬일인가. 험악하게 죽은 송장 방 안에서 썩을 것을 이 네 사람 공덕으로 염습 담부 나왔으니, 가만히 누웠으면 명당을 깊이 파고 신체를 묻을 것을, 아이 밸 때 덧궂으면 날 때도 덧궂다고, 갈수록 이 변괸가. 사람 어디 살겠는가. 집에서 하던 변은 우리끼리 보았더니 이러한 대로변에 이 우세를 어찌할꼬. 날이 점점 밝아 오니 어서 급히 떨어지소. 안장을 한 연후에 수절시묘하여 줌세."

뎁득이가 중맹(重盟)을 연해 지어,

"여인의 치마귀나 만졌으면 벗긴 쇠아들이오. 상인이 없었으니 발상이라도 하오리다."

여인이 연해 빌어,

"대사, 출보, 풍각님네 다 각기 맛에 겨워 이 지경이 되었으니, 수원수구(誰怨誰咎)하자 하고 이 우세를 시키는가. 청산에 안장할 때 하관시가 늦어가니 어서 급히 떨어지소."

아무리 애걸하되 꼼짝 아니하는구나.

날이 훤히 새어 놓으니 뎁득이 하는 말이,

"배고파 살 수 없네. 여인은 바가지 들고 동내로 다니면서 밥을 많이 얻어다가 우리들이 먹게 하되 짚 두어 묶음 얻어 오쇼."

"짚은 무엇하게?"

"몇 해가 지나든지 목숨 끊기 전까지는 이 자리에 있을 테니, 비 오면 상투 덮게 주저리나 틀어 두게."

여인을 보낸 후에 각기 설움 의논할 때, 이것들 앉은 데가 원두밭 머리로서 참외 한참 산영하니, 막은 아직 아니 짓고 밭 임자 움 생원이 집에서 잠을 자고 밭 보려 일찍 올 때, 먼지 낀 묵은 관을 돛 단 듯이 높이 쓰고, 진동 좁고 된짓 달아 소매 좁은 소창의와 굽 다 닳은 나막신에 진 담뱃대 중동 쥐고, 살보 짚고 오다가서 밭머리 사람 보고 된 목으로 악써 물어,

"네, 저것들 웬 놈이냐."

뎁득이 대답하되,

"담배 장사요."

"그 담배 맛 좋으냐?"

"십상 좋은 상관초요."

"한 대 떼어 맛 좀 보자."

"와서 떼어 잡수시오."

마음 곧은 움 생원이 담배 욕심 잔뜩 나서 달려들어 손을 쑥 넣으니 독한 내가 코 쑤시고, 손이 딱 붙는구나.

움 생원이 호령하여,

"이놈, 이게 웬일인고?"

뎁득이 경판으로 물어,

"왜, 어찌하셨소?"

"괘씸한 놈 버릇이라 점잖은 양반 손을 어찌 쥐고 아니 놓노."

뎁득과 각설이 손뼉 치며 대소하여,

"누가 손을 붙들었소."

"이것이 무엇이냐?"

"바로 하제. 송장 짐이오."

"네 이놈, 송장 짐을 외밭머리 놓았느냐."

"새벽길 가는 사람 외밭인지 콩밭인지 아는 놈 있소."

움 생원이 달래여,

"그렇든지 저렇든지 손이나 떼 다오."

네 놈이 각문자로 대답하되,

"아궁불열(我窮不閱)이오."

"오비도 삼척이오."

"동병상련이오."

"아가사창이오."

움 생원이 문자 속은 익어,

"너희도 붙었느냐?"

"아는 말이오."

"할 장사가 푹 쌓였는데 송장 장사 어찌하며, 송장이 어디 있어 저리 많이 받아 지고 어느 장을 가려 하며, 송장 중에 붙는 송장 생전 처음 보았으니, 내력이나 조금 알게 자상히 말하여라."

뎁득이 하는 말이,

"지리산중 예쁜 여인 가장이 악사하여 치상을 해 주면 함께 살자 한다기에 그 집을 찾아간즉 송장이 여덟이라 간신히 치상하여 각설이 세 사람과 둘씩 지고 예 왔더니, 나도 붙고 게도 붙

146

어 오도 가도 못할 터니 그 내력을 알 수 있소."

움 생원이 의사 내어,

"그리하면 좋은 수 있다. 오고 가는 사람들을 보는 대로 후려들여 무수히 붙였으면 소일도 될 것이요, 뗄 의사도 날 것이니 그 밖에 수가 없다."

"기소불욕(己所不欲)을 물시어인(勿施於人)이라니 일은 아니 되었으되, 궁무소불위(窮無所不爲)라니 재주대로 하여 보오."

이때에 하동 목골, 창평 고살메, 함열 성불암, 담양, 옥천, 함평 월앙산 가리내패가 창원, 마산포, 밀양, 삼랑, 그 근방들 가느라고 그 앞으로 지나다가 움 생원의 관을 보고, 걸사들이 절을 하여,

"소사 문안이오, 소사 문안이오."

그 뒤에 아기네들이 낭자도 곱게 하고 고방머리 엇게 하고, 다리 아파 잘쑥잘쑥 지팡막대 짚었으며, 두 줄에 다리 넣고 걸사 등에 업혔으며, 수건으로 머리 동여 긴담뱃대 물었으며, 하하 대소 웃으면서, 낭낭옥어 말도 하고 무수히 오는구나.

움 생원이 불러,

"이애 사당들아, 너의 장기대로 한마디씩 잘만 하면 맛 좋은 상관 담배 두 구부씩 줄 것이니 쉬어 가면 어떠하냐."

이것들이 담배라면 밥보다 더 좋거든,

"그리하옵시다."

판놀음 차린 듯이 가는 길 건너편에 일자로 늘어앉아, 걸사들은 소고 치며, 사당은 제차대로 연계사당 먼저 나서 발림을 곱게 하고,

"산천초목이 다 성림한데 구경 가기 즐겁도다. 이야어. 장송은 낙락, 기러기 펄펄, 낙락장송이 다 떨어졌다. 이야어. 성황당 궁벅궁새야 이리 가며 궁벅궁 저 산으로 가며 궁벅궁 아무래도 네로구나."

옴 생원이 추어,

"잘한다, 내 옆에 와 앉거라. 네 이름이 무엇이냐?"

"초월이오."

또 하나가 나서며,

"녹양방초 저문 날에 해는 어이 더디 가고, 오동야우 성긴 비에 밤은 어이 길었는고. 얼싸절싸 말 들어 보아라. 해당화 그늘 속에 비 맞은 제비같이 이리 흐늘 저리 흐늘, 흐늘흐늘 넌는다. 이리 보아도 일색이요, 저리 보아도 일색이요, 아무래도 네로구나."

"잘한다. 네 이름은 무엇이냐?"

"구강선(具江仙)이오."

한 년이 또 나서며,

"오돌또기 춘향 춘향 유월의 달은 밝으며 명랑한데, 여기저기 연저 버리고 말이 못된 경이로다. 만첩청산을 쑥쑥 들어가서 늘어진 버드나무 들입다 덤쑥 휘어잡고 손으로 줄르르 훑어다가 물에다 둥둥 띄워 두고 둥덩둥실 둥덩둥실 여기저기 연저 버리고 말이 못된 경이로다."

"어, 잘한다. 네 이름은 무엇이냐?"

"일점홍(一點紅)이오."

또 한 년이 나서며,

"갈까 보다 갈까 보다, 임을 따라 갈까 보다. 잦힌 밥을 못 다 먹고 임을 따라 갈까 보다. 경방산성 빗두리길로 알배기 처자 앙금살살 게게 돌아간다."

"잘한다, 네 이름은 무엇이냐?"

"설중매(雪中梅)요."

한 년이 나서며 방아타령을 하여,

"사신 행차 바쁜 길에 마중참이 중화(中和), 산도 첩첩 물도 중중(重重) 기자왕성(箕子王城)이 평양, 모닥불에 묻은 콩이 뛰어나니 태천(太川), 청천(靑天)에 뜬 까마귀 울고 가니 곽산(郭山), 차던 칼을 빼어 내니 하릴없는 용천(龍川), 청총마(靑驄馬)를 둘러 타고 돌아보니 의주(義州)."

"잘한다. 네 이름은 무엇이냐?"

"월하선(月下仙)이오."

한 년은 자진방아타령을 하여,

"누각골 처녀는 쌈지장사 처녀, 어라뒤야 방아로다. 왕십리
처자는 미나리장사 처자, 순담양 처자는 바구니장사 처자, 영암
처자는 참빗 장사 처자."

"어, 잘한다. 네 이름은 무엇이냐?"

"금옥(金玉)이오."

한참 이리 농탕 칠 때, 이때에 시임 향소 옹 좌수가 수유(受由)
하고 집이 갔다 돌아오는 길이었다.

도포 입고 안장말에 향청 하인 후배하여 달래달래 돌아가니
움 생원이 불러,

"여보소, 옹 좌수. 자네가 아관으로 기구가 좋다 하여 출패(出
牌)나 무서워하지, 나 같은 빈천지교(貧賤之交) 시약불견(視若
不見) 지나가니 부귀자교인(富貴者驕人) 말이 자네 두고 한 말일
세."

좌수가 할 수 있나, 말에서 내려 걸어오니 움 생원이 제 옆에
앉혔구나.

좌수가 물어,

"노형의 평소 행세 내가 대강 짐작하니 이러한 큰길가에서 협
창행락(挾娼行樂) 의외로세."

움 생원이 연해 웃어,

"꿈 같은 우리 인생 육십이 가까우니 남은 날이 며칠인가. 파탈하고 놀아 주세. 얘, 옥천집, 좌수님 들으시게 시조나 하나 하여라."

그렁저렁 장난 후에 좌수가 하직하여,

"향청에 일 많아서 총총히 돌아가니 노형은 사당하고 행락을 하게 하소."

움 생원이 웃어,

"자네 소견대로."

좌수 불끈 일어서니 밑구멍이 안 떨어져,

"애겨, 이게 웬일인고."

움 생원은 좋아라고 곧장 웃어 두었구나.

"허허, 내 말 들어 보소. 노형은 내게 비하면 식자도 들었고, 경락도 출입하고, 읍내 가 오래 있어 관장도 모셔 보고, 지사하는 아전 친구 응당히 많을 테니, 송장이 붙는 말을 자네 혹 들었는가."

좌수 귀가 매우 밝아 깜짝 놀라 급히 물어,

"이것이 송장인가?"

남은 급히 서두는데, 움 생원은 훨씬 늘여,

"그것은 무엇이든지 장차 수작하려니와, 송장이 붙는다는 말

사기에나 경서에나 혹 어디서 보았는가?"

옆에 있던 사당들이 깜짝 놀라 일어서니 모두 다 붙었구나.

요망한 이것들이 각색으로 재변 떨 때 애고애고 우는 년, 먼 산 보고 기막힌 년, 움 생원 바라보며 더럭더럭 욕하는 년, 제 화에 제 머리를 으등으등 쥐어 뜯는 년, 살풍경 일어나니 좌수는 어이없어 암말도 못 하고서 굿 보는 사람처럼 우두커니 앉았다가,

"여보소, 저 짐이 다 모두 송장인가?"

움 생원 변구하여,

"하나씩이면 좋게."

"둘씩이란 말인가?"

"방사(倣似)한 말이로세."

"어느 고을 송장 풍년 그리 들어 몰똑하게 지고 왔소."

뎁득이 하던 말을 움 생원이 송전하니, 좌수와 사당들이 서로 보고 걱정한다.

오는 사람 가는 사람 굿 보느라고 아니 가고, 먼 데 마을, 근처 마을 구경하자 모여드니, 그리저리 모인들 사람 전주장이 푼푼하다.

구경꾼 모인 데는 호두 엿장수가 먼저 아는 법이었다. 갈삿갓 쓰고 엿판 메고 가위 치며 외고 온다.

"호두엿 사오, 호두엿 사오. 계피 건강에 호두엿 사오. 가락이

굵고 제 몸이 유하고 양념 맛으로 댓 푼. 콩엿을 사려우, 깨엿을 사려우. 늙은이 해소에 수수엿 사오."

사람들이 호두엿 사먹으며 하는 말이,

"이것이 원혼이라, 삼현을 걸게 치고 넋두리를 하면 귀신이 감동하여 응당 떨어질 듯하다."

목 좋은 계대네를 급급히 청해다가 좌수가 자당하여 굿상을 차려 놓고 멋있는 고인들이 굿거리를 걸게 치고, 목 좋은 제대네가 넋두리춤을 추며,

"어라 만수 저라 만수. 넋수야 넋이로다. 백양청산 넋이로다. 옛 사람 누구 누구 만고원혼 되었는고. 공산야월 불여귀는 촉망제의 넋일런가. 무관춘풍 우는 새는 초회왕의 넋이로다. 어라 만수. 청청향초라군색(靑靑向楚羅裙色)은 우미인의 넋일런가. 환패공귀월야혼(環패空歸月夜魂)은 왕소군의 넋이로다. 어라 만수 저라 대신.

넋일랑은 넋반에 담고, 신첼랑은 화단에 뫼셔 밥전, 넋전, 인물전과 온필 무명, 오색 번에 넋을 불러 청좌하자.

어라 만수 저라 대신. 열 대왕님 부리는 사자, 일직 사자, 월직 사자, 금강야차, 강림도령, 이 생 망제 잡아갈 때 뉘가 감히 거역할까. 어라 만수 저라 대신.

만승천자, 삼공 육경 기구로도 할 수 없고, 천 석 노적 만금부

자 값을 주고 면켔는가. 멀고 먼 황천길을 가자 하면 따라가네.
어라 만수 저라 대신.

지장보살 장한 공덕, 보도중생하려 하고 지옥문 닫아 놓고,
서양길을 가르칠 새 불쌍한 여덟 목숨 비명에 죽었으니, 어느
대왕께 매였으며, 어느 사자 따라갈까.

어라 만수 저라 만수. 지하에 맨 데 없고, 인간에 주인 없어 원
통히 죽은 혼이 신체 지켜 있는 것을 무지한 인생들이 경대할
줄 모르고서 손으로 만져 보고 걸터앉기 괘씸쿠나. 어라 만수
저라 만수.

옹 좌수 자넬랑은 일읍의 아관이요, 옴 생원 자넬랑은 양반의
도리로서 경이원지(敬而遠之) 귀신 대접 어이 그리 모르던가.
어라 만수 저라 대신.

사당, 걸사, 명창, 가객, 오입쟁이 너의 행세 취실할 수 있으
리. 비옵니다, 여덟 혼령 무지한 저 인생들 허물도 과도 말고, 갖
은 배반 진사면에 제대춤에 놀고 가세. 어라 만수 저라 만수."

우두커니 짐꾼 넷만 남겨 놓고 위에 붙은 사람들은 모두 다
떨어져서, 제대에게 치하하고 뎁득이 각설이에게 각각 하직하
는구나.

이것들이 식구 많이 있을 때는 소일하기 좋았더니 비 오는 날
파장같이 경각간에 흩어지니 심심하여 살 수 있나. 뎁득이가 그

래도 서울 손이라 애긍히 사정으로 송장에게 비는 목이 의지하여 듣겠거든,

"천고에 의기남자 원통히 죽은 혼이 지기지우(知己之友) 못 만나면 위로할 이 뉘 있으리. 역수상 찬 바람에 연태자를 하직하고 함양에서 죽었으니 협객 형경 불쌍하고, 계명산 밝은 달에 우미인을 이별하고, 오강에 자문하니 패왕 항적 가련하다.

이 세상에 변 서방은 협기 있는 남자로서 술 먹기에 접장이요 화방에 패두시니, 간 데마다 이름 있고 사람마다 무서워한다. 꽃 같은 저 미인과 백년을 살쟀더니 이슬 같은 이 목숨이 일조에 돌아가니 원통하고 분한 마음 눈을 감을 수가 없어, 뻣뻣 선장승 송장.

주 동지, 자네 신세 부처님의 제자로서 선공부 경문 외어 계행을 닦았으면 흰 구름 푸른 뫼에 간 데마다 도방이요, 비단 가사 연화탑에 열반하면 부처될 새 잠시 음욕 못 금하여 비명횡사 거적 송장.

출 첨지 자네 정경 동냥 고사 천업이라, 낮에는 탈을 쓰고, 목에는 장고 메고, 돈푼 쌀 줌 얻자 하고 이 집 저 집 다닐 적에 따른 것이 아이들과 짖는 것이 개 소리라, 탄 분복이 이러한데 가량 없는 미인 생각 제 명대로 못 다 살고 남의 집에 붙음 송장.

풍객 한량 다섯 분은 오입맛이 한통속. 왕별목장 춘향가 가객

이 앞을 서고, 가얏고 심방곡 통소 소리 봉장취 연풍대 칼춤이며, 서서 치는 북 장단에 주막거리 장판이며, 큰 동내 파시평에 동무 지어 다니면서 풍류로 먹고 사니 눈치도 환할 테요, 경계도 알 터인데 송장을 쳐 낸대도 계집은 하나뿐, 누구 혼자 좋은 꼴 보이려 한꺼번에 달려들어 한날한시 뭇태 송장 여덟 송장 각기 설움 다 원통한 송장이라.

살았을 때 집이 없고 죽은 후에 자식 없어 높은 뫼 깊은 구렁 이리저리 구는 뼈를 묻어 줄 이 뉘 있으며, 슬픈 바람 지는 달에 애고애고 우는 혼을 조상할 이 뉘 있으리.

생각하면 허사로다, 심사 부려 쓸데 있나. 이 생 원통 다 버리고 지부명왕(地府明王) 찾아가서 절절이 원정하여 후생의 복을 타서, 부귀가에 다시 생겨 평생 행락하게 하면 당신네 신체들은 청산에 터를 잡아 각각 후장한 연후에 년년 기일 돌아오면 내가 봉사할 것이니 제발 덕분 떨어지오.”

애긍히 빈 연후에 네 놈 불끈 일어서니 모두 다 떨어졌다.

북망산 급히 가서 송장 짐을 부리니 석 짐은 다 부리고 덥득이 진 송장은 강쇠와 초나라 등에 붙어 뗄 수 없다.

각설이 세 동무는 여섯 송장 묻어 주고 하직하고 간 연후에 덥득이 분을 내어 사면을 둘러보니 곳곳 큰 소나무 나란히 두주 서서 한가운데 빈틈으로 사람 하나 가겠거든, 두 주먹을 불끈 쥐고 고울고울 달음박질 소나무 틈으로 쑥 나가니 짊어진 송장 짐이 우두둑 삼동 나서 위아래 두 도막은 땅에 절퍽 떨어지고 가운데 한 도막은 북통같이 등에 붙어 암만해도 뗄 수 없다. 요간폭포괘장천(遙看瀑布掛長天) 좋은 절벽 찾아가서 등을 갈기로 드는데 갈이질 사설이 들을 만하여,

"어기여라 갈이질. 광산에 쇠방앗고 문장 공부 갈이질. 십 년을 마일검(磨一劍) 협객의 갈이질. 어기여라 갈이질. 춘풍에 저 나비가 향내만 찾아가다 거미줄을 몰랐으며, 산양에 저 장끼가 소리만 찾아가다 포수 우레 몰랐구나. 어기여라 가리질. 먼저 죽은 여덟 송장 전감이 밝았는데, 철모르는 이 인생이 복철을 밟았구나. 어기여라 갈이질. 네 번째 죽은 목숨 간신히 살았으니 좋을시고. 공세상에 오입 참고 사람 되세. 어기여라 갈이질."

훨씬 갈아 버린 후에 여인에게 하직하여,

"풍류남자 가려서 백년해로하게 하오. 나는 고향 돌아가서 동아부자(同我婦子) 지낼 테요."

떨어뜨리고 돌아가니 개과천선이 아닌가.

월나라 망한 후에 서시가 소식 없고, 동탁이 죽은 후에 초선이 간 데 없다.

이 세상 오입객이 미혼진(迷魂津)을 모르고서 야용회음(冶容誨淫) 분대굴(粉黛窟)에 기인도차오평생(幾人到此誤平生)고.

이 사설 들었으면 징계가 될 듯하니, 좌상에 모인 손님 노인은 백년향수, 소년은 청춘불로 수부귀다남자(壽富貴多男子)에 성세태평하옵소서. 덩지덩지.

배비장전 / 이춘풍전 / 변강쇠전

■ 배비장전 작가에 대하여

〈배비장전〉, 〈이춘풍전〉, 〈변강쇠전〉은 작자 미상의 고전 소설이다. 〈배비장전〉은 판소리계 소설이란 점과 비장 계층을 풍자하는 소설의 주제를 고려할 때 서민층에 의해 쓰인 것으로 추측된다. 〈이춘풍전〉은 무능한 가장에 대한 훈계와 깨우침으로 구성된 소설 구조를 고려할 때 여성들의 의견이 소설에 많이 반영된 것으로 추정된다. 〈변강쇠전〉은 한 곳에 정착할 수 없는 사회 하층민의 모습을 보여 주기 위해 창작되었을 것으로 예상된다.

◆ 작품 개관

이 작품은 판소리 〈배비장타령〉을 소설로 정착시킨 것이다. 기생, 하인과 같은 천민에 의해 배 비장과 같은 양반 계층이 조롱을 받음으로써 양반들의 위선적인 모습을 풍자한다. 미궤 설화와 발치 설화가 포함되어 있으며, 판소리계 소설답게 판소리 어조가 살아 있는 작품이다.

◆ 줄거리

김경이 제주 목사로 부임할 때 예방으로 배 비장을 데려간다. 제주에 다다를 무렵, 배 비장과 방자의 눈에 한 남녀의 이별 장면이 들어온다. 그들은 전 사또의 정 비장과 제주의 유명 기생 애랑이다. 애랑은 이별하며 정 비장의 옷, 칼, 속옷도 모자라 앞니 하나까지 뽑고서야 정 비장을 보내 준다. 배 비장이 이 모습을 비웃자 방자가 애랑에게 배 비장이 넘어가는지 안 넘어가는지를 두고 내기를 하자 한다. 부임 축하연이 열릴 때 배 비장만 기생이 모두 모인 자리에 가지 않아, 사또는 배 비장의 마음을 녹이는 기생에게 큰 상을 주겠다고 한다.

다음 날 사또 일행이 한라산으로 꽃놀이를 가자 저 멀리서 애랑이 유혹하는 자태로 물속을 노닌다. 그 여자를 보기 위해 배 비장은 꾀병을 부리고 방자를 보내 수작을 부린다. 돌아온 배 비장은 상사병에 시달리고, 방자를 통해 편지를 보낸다. 목욕하던 그 여자가 유부녀인 줄만 알지 기생 애랑인 줄 꿈에도 모르는 배 비장은 방자와 함께 애랑을 찾아간다.

방에 들어간 그 순간 방자는 애랑의 남편인 척 호통을 친다. 놀란 배 비장은 거문고인 척 자루에 들어갔다가, 피나무 궤로 들어간다. 방자는 궤에 업귀신이 붙었다며 불태우려다 배 비장이 말을 하자 놀란 척하며 바다에 버리러 간다고 엄포를 놓는다. 가다 만난 사람에게 궤를 팔고, 사내는 궤짝을 사또 앞 동헌 마당에 내려놓는다. 주변 사령들이 뱃사람인 척하자 배 비장은 살려 달라고 하고, 스스로 유부녀와 통간하려 했음을 시인하고 구조받는다. 눈을 떠 보니 바다가 아니라 동헌 마당이요, 사또와 기생, 노비들이 모두 배 비장을 보고 웃고 있다.

배 비장 김경이 제주에 부임할 때 예방을 맡을 인물로 데려간 비장. 양반은 쉽게 여자에게 넘어가지 않는다고 큰소리치나 애랑에게 바로 넘어간 이중적인 모습을 보인다.

애랑 제주의 이름난 기생. 아름다운 외모를 지녔으며, 간교한 꾀를 잘 부려 사내들의 애간장을 녹인다.

방자 배 비장의 하인. 배 비장과의 내기에서 이기기 위해 애랑과 작당을 한다.

김경 문필과 재능이 비범하여 이십 세 전에 장원 급제하여 제주 목사로 부임한 신관 사또. 짓궂은 면이 있어 애랑이 배 비장에게 장난을 치도록 돕는다.

정 비장 구관 사또의 비장. 애랑에게 푹 빠졌다가 앞니까지 내준다.

◆ 작가와 작품

작자 미상의 고전 소설이라 정확한 작가는 추측하기 어렵지만 일반적으로 작자 미상의 경우 다수의 공동 창작물인 경우가 많다. 특히 이 작품은 배 비장과 정 비장 등을 기생(애랑)과 하인(방자)이 풍자하고 있어 서민을 통쾌하게 만든다. 이로 미루어 볼 때 작자 계층은 서민층이었을 것으로 짐작된다. 사또에 대해서는 불만

이 그려지지 않고, 비장 계층을 풍자하는 것은 높은 시분의 사또보다 하급 관리인 비장들이 서민들에게 더 직접적인 영향을 미쳤기 때문이다.

◆ 작품의 구조

인물의 희화화와 풍자

이 작품에서 중요한 장면들은 인물을 희화화하는 부분이다. 특히 희화화의 대상은 양반 계층으로, 양반보다 못한 계층(기생, 하인)에게 조롱받는다.

애랑은 수청 들던 양반이 떠나자 갖은 핑계를 대며 재물, 갓두루마기, 돼지껍질 휘양, 칼, 숙수 창의, 고의적삼을 빼앗더니 끝내는 상투까지 베어 달라 한다. 상투는 줄 수 없다 하니 앞니라도 주고 가라는 애랑의 간청에 정 비장은 그것이 애랑의 사랑이라고 착각하여 뽑아 준다. 이를 뽑아 준 공방의 창고지기 말이 가관이다. 서너 말이나 뽑아 보았다고 한다. 한 말은 대략 18리터이므로 서너 말이면 54~72리터 정도이다. 이로만 그 정도를 모으려면 수백 수천 명의 이를 뽑았어야 할 것이다. 이는 애랑이 지금까지 사귀었던 모든 양반에게 이를 뽑게 했음을 짐작하게 하는 장면이지만, 정작 정 비장은 이 사실을 알지 못해 웃음거리가 된다.

배 비장은 외간 여자가 목욕하는 장면을 훔쳐보다가 방자가 자신이 가리키는 여자를 못 본다고 하자 '상놈의 눈'이라고 무시를 한다. 이에 방자가 자신의 눈은 상놈이라 무디어 '예에 어긋나는 것'은 안 보인다고 말한다. 이는 하인처럼 천한 자신도 외간 여자의 목욕 장면을 훔쳐보지 않는 예를 아는데, 정작 양반이라는 당신은 천민보다도 예의가 없다고 비꼬고 있다.

외간 여자를 보지 말라는 방자의 말에 무안해진 배 비장은 속이 빤히 보이는 꾀를 내 애랑을 계속 훔쳐보는 행동을 한다. 배비장 본인의 말대로 양반에게는 어울리지 않는 행동이다. 이처럼 〈배비장전〉은 배 비장을 우스꽝스럽게 만들고 풍자를 반복하여 작품을 이끌어 간다.

◆ 작품의 감상과 수용
지킬 수 없는 말

배 비장이 기생과 하인에게 비웃음을 당하게 된 것은 '지킬 수 없는 말'을 했기 때문이다. 소설의 첫 장면에서 배 선달이 제주 목사 김경을 따라 제주로 부임해 올 때, 한양의 부인이 제주는 여자가 많으니 여색을 조심하라고 남편에게 주의를 준다. 이에 배 비장은 펄쩍 뛰며 '절대로' 여자는 가까이하지 않겠다고 한다. 또한 부임 후에 정 비장과 애랑의 이별 장면을 보며 비웃다가 방자와 애랑을 가까이하느냐 하지 않느냐로 내기를 한다.

자신의 말을 지키기 위해 다른 비장들과 달리 배 비장은 부임 첫날에도 기생과 어울리지 않는다. 잔치에는 으레 기생이 끼게 마련이기 때문이다. 이런 굳은 결심에도 불구하고 바로 다음 날 애랑의 간계에 넘어가 동헌 마당에서 스스로의 입으로 유부녀와 간통할 뻔한 남자가 자신임을 고백한다. 결국 배 비장은 지킬 수 없는 말을 했기 때문에 조롱받는다. 배 비장은 특별히 정신을 수양한 사람도 아니고, 속세를 떠난 종교인도 아니다. 그런데도 자신이 양반이라는 이유만으로 성인군자인 척하는 말을 뱉고 다니다가 사또와 애랑의 장난에 걸려 크게 망신을 당한다.

◆ 작품에 반영된 현실

왜 하필 비장인가?

이 작품에서 독특한 점은 양반 계층의 가장 대표적인 인물인 사또 김경은 오히려 긍정적으로 그려진다는 것이다. 사또 김경은 문필과 재능이 비범하여 이십 세 전에 장원 급제하여 제주 목사로 부임하였으며, 배 비장을 놀리려는 애랑의 꾀에 힘을 더해 준다.

그 이유는 비장의 독특한 위치에서 찾을 수 있다. 비장은 조선 시대에 감사·유수·병사·수사·견외 사신을 따라다니며 일을 돕던 무관 벼슬이었다. 즉 사또 밑에서 직접적인 실무를 맡아보던 사람인데 서민들 입장에서는 사또를 직접 만날 일보다 이와 같은 비장들과 부딪칠 일이 훨씬 더 많았을 것이다. 일반 농민들에게 지주보다 마름이 더 무서웠던 것과 같은 이치이다. 결국 서민층에게는 비장 계층에 대한 불만이 많이 쌓여 있었을 것이고, 그러한 현실이 고스란히 작품에 반영된 결과로 보인다.

이춘풍전

◆ 작품 개관

이춘풍전은 작자 미상의 고전 소설로 판소리계 소설에 속한다. 숙종 시대에 거부의 아들 춘풍이 주색잡기에 빠져 패가망신한 것을 처의 근면함과 현명함으로 해결한다는 이야기이다. 여성이 남편이 저지른 일을 수습하고 가정을 다시 세운다는 이야기는 가부장적인 사회 분위기에 대한 풍자로도 읽힌다.

◆ 줄거리

서울 다락골의 이춘풍은 부모가 장안의 부자였으나 부모가 세상을 떠난 뒤 주색잡기에 빠진다. 춘풍의 처가 간곡히 말렸으나 춘풍의 행실은 여전하여 마침내 가산을 모두 탕진한다. 그제야 춘풍은 후회하며 춘풍의 처에게 각서를 써 주고 살림을 부탁한다. 춘풍의 처 김 씨는 길쌈을 잘해 그것으로 돈을 모은다. 살림이 점차 나아지자 춘풍은 다시 예전처럼 교만해지고, 호조 돈 이천 냥을 비싼 이자로 내어 평양으로 장사를 떠난다. 춘풍의 처는 각서를 말하며 말렸으나 도리어 머리채만 잡히고 만다.

평양에 도착한 춘풍은 평양의 유명 기생 추월을 보고 반해 장사는 내팽개치고 장사 자금 이천오백 냥을 마음대로 쓰며 놀았다. 일 년도 되지 않아 가져 온 돈을 모두 탕진한 춘풍은 추월에게 괄시받고 쫓겨나지만, 갈 데가 없는 춘풍은 추월에게 빌어 그 집 머슴이 된다.

한편, 서울에 있는 춘풍의 처가 이 소식을 듣고 통곡하다 남편의 버릇을 고쳐 줄 꾀를 낸다. 뒷집 참판이 평양 감사가 되어 간다는 걸 알고, 그 집 대부인에게 정성을 다해 비장 자리를 하나 얻어 낸다. 남복을 한 춘풍의 처는 회계 비장이 되어 호조의 돈을 먹은 죄로 춘풍과 추월을 엄히 다스려 추월에게 이자까지 오천 냥을 갚는다. 춘풍의 처는 먼저 서울로 돌아가 있고, 춘풍은 추월에게 돈을 받아 득의양양하게 집에 들어온다. 모른 체하는 처에게 춘풍은 또다시 교만하게 굴고, 춘풍의 처는 회계 비장 차림으로 다시 나타나 춘풍을 부리다가 본모습을 밝힌다. 춘풍은 주색잡기를 끊고 처와 함께 살림을 잘 다스려 많은 돈을 모으고 잘살게 된다.

◆**주요 등장인물**

이춘풍 주색잡기를 좋아해 가산을 탕진하고 추월에게 재산을 모두 빼앗긴 인물. 가부장적 태도가 강하다.

춘풍의 처 근면 성실하여 바느질을 열심히 해 이춘풍이 날린 살림을 다시 일으킨다. 현명하게 문제를 해결하려는 신중한 태도를 지녔다.

추월 평양의 유명 기생. 미색이 뛰어나지만 돈을 중시하고 못된 성미를 지녀 여러 사내를 망친다.

◆ **작가와 작품**

대부분의 고전 소설이 그렇듯 이 작품도 알려진 특정 작가는 없다. 남성 중심의 질서가 확고하던 시대에 능력 있는 여성을 등장시켜 이춘풍이란 인물을 혼내 주는 것으로 보아 여성들이 작품에 많은 관여를 했을 것으로 여겨진다. 능력도 없으면서 남성이라는 이유만으로 거들먹거리며 부인을 함부로 하는 이춘풍의 버릇을 고쳐 놓는다는 이야기는 당대 여성들의 구미에 맞는 이야기였을 것이다.

◆ **작품의 구조**

반복을 통한 개과천선

이 작품은 '춘풍의 허랑함1-아내의 말림1-가산 탕진1-춘풍의 반성-아내에 의한 해결1-춘풍의 허랑함2-아내의 말림2-가산 탕진2-아내에 의한 해결2-춘풍의 교만함-아내의 변장-춘풍의 최종 반성' 구조로 되어 있다.

'춘풍의 허랑함1'은 부모의 재산을 모두 주색잡기로 날리는 첫 장면을 뜻한다. 이에 아내가 말렸으나 아내의 현명한 말을 비웃더니 결국 가산을 탕진한다. 이에 춘풍은 잠시 반성하고, 아내에게 살림을 모두 맡기고 아내는 바느질을 통해 문제를 해결해 놓는다. 문제가 해결되자 반성했던 모습은 온데간데없고 이춘풍은 다시 바람이 든다. 이에 아내가 모아 놓은 돈과 호조에서 빌린 돈으로 평양으로 떠난다. 역시 아내가 말렸으나 듣지 않고 평양에 갔다가 추월에게 가산을 모두 탕진한다. 이 문제 역시 아내가 회계 비장으로 오면서 해결되는데, 아내인 줄 모르는 춘풍은 반성하지 않고 교만히 굴다가 아내의 변장을 보고 놀라 마침내 진심으로 반성을 한다. 이처럼 이 이야기는 춘풍의 허랑함과 교만함을 아내가 고치기 위해 수차례 노력하는 과정으로 읽을 수 있다.

반성의 태도

이춘풍은 왜 이렇게 망신을 당하고 부끄러운 처지에 놓였을까? 현명한 아내의 말을 안 들었기 때문이라고 볼 수도 있겠지만 더 근본적인 이유는 춘풍에게 반성적 태도가 결여되었기 때문이다. 춘풍은 이미 한 번 부모님이 물려주신 큰 재산을 날려 가정을 위험에 빠뜨린 적이 있다. 아내에게 각서를 써 줄 정도로 큰 사고를 치고 반성하는 모습을 보이는 듯했으나 형편이 나아지자 바로 예전의 잘못을 잊고 더 큰 잘못을 저지른다. 빚까지 내어 장사하러 가서는 평양 기생 추월과 노느라 돈을 모두 쓴 것이다. 이는 소설 앞 장면에서 춘풍이 진심으로 반성한 것이 아니었다는 것을 잘 보여 주는 대목이다.

그 이후로도 추월에게 온갖 멸시를 당하고 구박을 받으면서도 문제가 해결되어 집에 오자 또 부인을 추월과 비교하며 교만하게 군다. 하인으로 일하며 산 고통스러운 세월도 춘풍에게 진심 어린 반성의 기회를 주지 못한 것이다. 결국 춘풍은 아내가 회계 비장의 모습을 하고 나타나 정체를 밝혔을 때야 크게 후회하고 진심으로 반성한다.

만약 이춘풍이 잘못을 저질렀을 때 올바른 반성의 시간을 가졌더라면 잘못을 여러 번 반복하지 않았을 것이고, 부인에게 망신스러울 일도 적었을 것이다. 춘풍처럼 우리도 한 번 저지른 잘못에 대해 대수롭지 않게 여기는 태도로 일관하다가 반복적인 잘못을 저지를 때가 있다. 이춘풍의 행동을 타산지식으로 삼아 잘못한 일에 대해 충분한 반성의 시간을 갖고 다시 잘못을 저지르지 않는 태도가 필요하다.

◆ 작품에 반영된 현실

가부장적 사회, 조선 시대

유교의 질서는 조선 시대에 가장 강한 원리였다. 인, 의, 예, 지를 중시하는 유교는 인격 도야에 매우 훌륭한 가르침을 포함하고 있지만 여성에게는 다소 가혹한 면이 있었다. 유교의 원리에 따르면 남자는 하늘이요, 여자는 땅이다. 칠거지악이라는 미명 하에 여성에게 지나치게 불리한 일들을 모두 감내하도록 강요받은 것도 모두 성리학이 조선에 뿌리를 내리면서 시작되었다.

이러한 불평등은 고전 소설 속에서도 흔히 보이는데, 예를 들어 고전 소설 속에 등장하는 여성들은 이름으로 등장하기보다 '~의 처', '박 씨 부인'과 같이 불분명하게 처리되는 경우가 잦다. 남성들의 이름이 이춘풍, 이시백, 이몽룡, 전우치, 홍길동과 같이 명확한 경우와 비교하면 그 차이는 분명해진다. 이 작품

속에도 훌륭한 일을 해내는 '이춘풍의 처'는 끝내 이름이 밝혀지지 않는다. 또한 춘풍이 가산을 탕진한 뒤 춘풍의 처가 바느질로 겨우 살림을 일으키자 이춘풍은 그 돈으로 장사하러 가겠다고 한다. 춘풍의 처가 문제를 해결해 주어 집에 돌아왔을 때도 이춘풍은 정신을 못 차리고 거들먹거리는 자세로 춘풍의 처를 기생 추월과 비교한다. 이러한 이춘풍의 모습을 통해 당시 여성들의 지위가 형편없었음을 파악할 수 있다

◆작품 개관

이 작품은 원래 판소리 열두 마당 안에 포함되어 있던 것으로 판
소리계 소설이다. 〈변강쇠타령〉, 〈가루지기타령〉, 〈횡부가〉 등으로
불리기도 한다. 이 작품은 실제로 전해지는 판소리 일곱 마당 가
운데 신재효에 의해 유일하게 판소리 사설로 정리된 작품이다.

◆줄거리

평안도 지방에 옹녀라는 여자가 살았다. 열다섯 살에 시집을 가
지만 남편이 죽는다. 그녀는 매년 개가를 하지만 남편은 매번 죽
는다. 옹녀가 스무 살 때 결혼한 남편마저 죽게 되자, 마을 사람들
은 옹녀를 내쫓는다. 마을에서 쫓겨난 옹녀는 청석골에서 만난
변강쇠와 혼인한다.

변강쇠와 옹녀는 궁합이 잘 맞아서 잘산다. 하지만 변강쇠는

일은 하지 않고 싸움만 일삼는다. 이에 옹녀와 변강쇠는 지리산으로 들어가 살기로 결정한다. 변강쇠가 지리산에서도 일을 하지 않자, 옹녀는 그에게 나무를 해 오라고 시킨다. 변강쇠는 길가의 장승을 뽑아 와서 장작으로 땐다.

이 일로 전국의 장승이 모여 회의를 한 뒤에 변강쇠에게 벌을 내리기로 한다. 변강쇠는 온몸에 병이 들고, 옹녀에게 개가하지 말라고 당부한 뒤 죽는다.

옹녀가 변강쇠의 시신을 묻기 위해 남자를 유혹했는데 시신을 거두기는커녕 내리 여덟 명이나 죽는다. 마침내 한 남자가 꾀를 내어 변강쇠의 영혼을 위로한 뒤에 장사를 지낸다.

◆ **주요 등장인물**

변강쇠 강한 쇠처럼 튼튼한 사내. 일을 하지 않고 꾀를 부리다 죽는다.

옹녀 항아리 같은 여인. 남편 강쇠가 죽자, 시신을 거두기 위해 여러 남자를 유혹하나 모두 죽음을 맞는다.

조선 후기 하층민들의 애환

이 작품에 등장하는 옹녀와 변강쇠, 그리고 변강쇠의 시신을 장사 지내기 위해 등장하는 인물들(사당패, 풍각쟁이패, 초라니 등)은 모두 당시 사회의 하층민들이다.

19세기 후반 경제 구조가 분화할 때 자신의 터전을 잃어버리고 유랑민으로 전락한 사람들이 있었다. 그들은 농촌 공동체를 지키려던 계층에 맞섰지만 패하였고 점점 더 변두리로 떠돌다가 산으로 들어가거나 다른 나라로 떠날 수밖에 없었다. 한 곳에 정착하지 못하는 그들의 모습은 〈변강쇠전〉에서 다양한 인물로 표현된다. 작품의 작가는 이들을 등장시켜서 당대 사회에서 설 곳을 찾지 못해 설움 받던 사람들의 애환을 보여 주었다.

◆작품의 구조

전반부의 유랑과 후반부의 죽음, 원한 해소

이 작품은 옹녀가 변강쇠와 지리산으로 들어가는 부분과 변강쇠가 병들어 죽고 그의 시신을 장사 지내는 부분으로 나뉜다.

작품의 전반부는 옹녀 이야기, 옹녀와 변강쇠가 만나 부부의 연을 맺는 이야기, 전국 유랑하기, 지리산으로 들어가는 이야기로 세분화된다. 마을에서 쫓겨난 옹녀의 이야기로 시작되는 전반부는 옹녀와 비슷한 처지의 변강쇠를 등장시킴으로써 당시 사회 하층민들의 고단한 삶을 보여 준다.

작품의 후반부는 변강쇠의 죽음이 주축을 이룬다. 변강쇠가 장승을 뽑아 땔감으로 사용하고 장승들이 벌을 내려 변강쇠가 죽는다. 장사 지내기 위해 변강쇠의 시신을 내어 가려고 하지만 시신은 꼼짝하지 않고 다른 남자들이 연달아 죽는다. 변강쇠의 원한을 해소한 후에야 시신은 움직이고 그를 장사 지낼 수 있게 된다. 사회 하층민인 변강쇠가 장승을 뽑은 것은 기존 질서에 대한 도전을 의미하며, 이로 인해 그가 죽는 것은 하층민의 도전이 실패로 돌아가는 것을 뜻한다. 실패로 인해 하층민들의 마음속에는 한이 맺히게 되었는데, 이를 달래기 위한 노력이 문학 작품을 통해 이루어지는 것으로 볼 수 있다.

◆**작품의 감상과 수용**

판소리계 소설

판소리는 원래 열두 마당으로 불렸다. 열두 마당은 '춘향가, 심청가, 박타령, 수궁가, 적벽가, 변강쇠가, 배비장타령, 강릉매화전, 옹고집전, 장끼타령, 왈짜타령, 가짜 신선타령'으로 알려져 있다. 후대에도 전해지는 것으로는 '춘향가, 심청가, 박타령, 수궁가, 적벽가, 변강쇠가' 여섯 마당인데, 이 중 변강쇠가를 제외한 다섯 마당만 불리고 있다.

'변강쇠가'는 여섯 마당 중에서, 유일하게 '창'이 전수되지 않고 '사설'만이 남아 있다. 이 작품은 신재효가 기존에 전해 내려오던 판소리 작품을 정리한 것으로 이본이 전해지지 않는다. '변강쇠타령', '가루지기타령', '송장가' 등으로 불리기도 하는데, '가루지기'란 서민들이 죽으면 거적으로 말아서 가로 눕혀지고 간다는 뜻이다. 이러한 배경 지식을 알고 〈변강쇠전〉을 읽으면 더욱 깊이 있게 감상할 수 있을 것이다.

◆ **작품에 반영된 현실**

조선 후기 유랑민의 고단한 삶

조선 후기에는 자신이 경작하던 논과 밭을 빼앗기고 살 길을 찾아 정처 없이 떠돌던 사람들이 많았다. 그들은 어느 곳에서도 환영받지 못하고 정착하지 못한 채 조선 팔도를, 더 나아가 만주까지 흘러 다녀야 했다. 이들을 일컬어 '유랑민'이라고 했다. 이 작품에서 옹녀와 변강쇠는 조선 후기 유랑민들의 모습을 표상한다.

옹녀는 자신과 결혼하는 남자가 모두 죽는다는 이유로 살던 마을에서 쫓겨난다. 떠돌던 옹녀는 청석골에서 변강쇠를 만나 부부의 연을 맺는다. 두 사람은 부부가 되었지만 같이 살 집도, 곡식을 경작할 땅도 없다. 옹녀와 변강쇠는 결국 지리산에 들어가 살기로 결심한다. 평안도 지방에서 살던 옹녀가 어디에도 자신이 살 거처를 마련치 못하고 전라도에 있는 산에 들어간다는 것은 세상 어디에도 정착할 곳이 없음을 보여 준다.

변강쇠는 지리산에 들어가서도 일을 하지 않는다. 그러다가 나무를 해 오라는 부인의 말에 장승을 뽑은 일로 병들어 죽는다. 작품 속에서 변강쇠는 일도 하지 않고 놀기만 하는 망나니 같은 인물로 묘사된다. 하지만 당시 사회 상황을 바탕으로 작품을 들여다보면 해석은 조금 달라진다.

사회 하층민인 변강쇠는 교육을 제대로 받지 못했기에 달리 할 줄 아는 게 없다. 사회에서 소외받는 그들은 자연스럽게 사회 제도에 반항하게 된다. 변강쇠가 장승을 뽑았다는 내용은 하층민들의 기득권층에 대한 분노를 보여 주는 부분이다. 이로 인해 변강쇠는 죽는데, 사회 하층민들의 고단한 삶과 비극적인 모습을 옹녀와 변강쇠가 나타낸다고 할 수 있다.